FELIX HUBY
Was soll ich auf der Schwäbischen Alb?

FELIX HUBY

Was soll ich auf der Schwäbischen Alb?

ROMAN

GMEINER

Die automatisierte Analyse des Werkes, um daraus Informationen insbesondere über Muster, Trends und Korrelationen gemäß § 44b UrhG (»Text und Data Mining«) zu gewinnen, ist untersagt.

Bei Fragen zur Produktsicherheit gemäß der Verordnung über die allgemeine Produktsicherheit (GPSR) wenden Sie sich bitte an den Verlag.

Immer informiert

Spannung pur – mit unserem Newsletter informieren wir Sie regelmäßig über Wissenswertes aus unserer Bücherwelt.

Gefällt mir!

Facebook: @Gmeiner.Verlag
Instagram: @gmeinerverlag

© 2022 – Gmeiner-Verlag GmbH
Im Ehnried 5, 88605 Meßkirch
Telefon 07575/2095-0
info@gmeiner-verlag.de
Alle Rechte vorbehalten
7. Auflage 2026

Lektorat: Claudia Senghaas, Kirchardt
Satz: Mirjam Hecht
Umschlaggestaltung: U.O.R.G. Lutz Eberle, Stuttgart
unter Verwendung eines Fotos von: © mathias elle / unsplash
Druck: GGP Media GmbH, Pößneck
Printed in Germany
ISBN 978-3-8392-0208-1

Personen

Severin Kühn
Georg Lamparter
Albert Müllerschön, Fabrikant
Karl Josef Müllerschön, Senior, 88
Marianne Müllerschön
Cornelia Biesinger
Ilona Kühn
Sandra Kühn
Timo Frohnlechner, Lehrer
Karl Schmied, Buchhalter
Gudrun Hammerstein, Sekretärin
Otto Knäblich
Kevin Beck
Fritz Gollhofer
Thekla Schaible, Wirtin
Ole Petersen
Gretel Petersen, Kräutergretel
Eberhard Greiner, Dirigent

Doktor Axel Hauenstein, Landarzt
Doktor Felix Leiprecht, Rechtsanwalt
Korbinian Koppendörfer, Unternehmer

1

Der Fabrikant Albert Müllerschön hatte seinen Betriebsleiter Georg Lamparter nach Feierabend ins Chefbüro
gebeten, eine Flasche von seinem besten Spätburgun-
der entkorkt und den Wein umständlich in zwei Gläser
gegossen. Sie saßen sich an dem langen Besprechungstisch gegenüber, direkt hinter der Glasfront des Raums,
der gut drei Meter über der Produktionshalle wie ein
riesiges Vogelnest an der Stirnwand des Fabrikgebäudes
hing und von dort unten nur über eine schmale Eisentreppe zu erreichen war. Gudrun Hammerstein, Müllerschöns Sekretärin, hatte im Hintergrund hinter einer
dünnen Wand ihr Reich: ein kleines Büro und eine Tee-
küche. Sie kam kurz herein, um sich in den Feierabend
zu verabschieden, und stieg mit graziösen Schritten die
steilen Stufen hinunter.

Die Maschinen standen schon seit einer halben
Stunde still und hockten tief unter ihnen, teils mit Pla-
nen überzogen, wie mächtige schlafende Tiere im diffu-

sen Licht, das von den gedimmten Lampen dicht unter der Decke kam.

»Wir haben jetzt so viele gemeinsame Jahre auf dem Buckel«, begann der Chef.

»Das kann man wohl sagen«, gab Lamparter zurück.

Müllerschön räusperte sich ein paar Mal und sagte schließlich: »Aber jetzt muss ich einmal ein ernstes Wort mit dir reden, Georg.«

Lamparter ahnte, was kommen würde. Aber er sah seinen Chef nur fragend an.

»Die Verantwortung wird zu viel für dich«, sagte der Fabrikant.

»So, meinst du? Ich bin grad mal 54 Jahr alt.«

»Es geht nicht um dein Alter. Du musst es doch auch gemerkt haben, dass dir die Arbeit über den Kopf wächst.«

Georg Lamparter sagte nichts dazu.

»Was hältst du davon, wenn wir dir einen guten Mann an die Seite stellen?«

»Nix!«

»Jetzt sei bitte net bockig und lass mich erst mal ausreden.«

Lamparters Glas war leer. Er hob es dem Chef entgegen, damit der nachfüllen konnte. »Ich hab ein paar Fehler g'macht, zugegeben, aber die kommen nicht wieder vor. Ich versprech's.«

Müllerschön füllte das Glas seines Betriebsleiters. »Du müsstest mir versprechen, dass du weniger – am besten gar nichts mehr trinkst.«

»Du glaubst, ich bin ein Alkoholiker?«

»Ich sag bloß, du trinkst a bissle viel.«

»Kein Problem. Das hab ich im Griff. Ich kann jederzeit aufhören.«

»Ja, dann mach das!« Müllerschön stand abrupt auf. Er ärgerte sich über den Verlauf des Gesprächs, das er in seinen Gedanken den Tag über immer wieder ganz anders hatte ablaufen lassen. »Ja gut«, sagte er, »warten wir's ab.«

Lamparter leerte das frisch gefüllte Glas in einem Zug, setzte es hart ab, sagte: »Ja, dann, schönen Feierabend!«, und verließ das Büro, ohne auf die Antwort Müllerschöns zu warten.

Als er auf den Fabrikhof hinaustrat, blieb er erst einmal stehen und atmete tief durch. Die Sonne war bereits untergegangen, aber der westliche Himmel leuchtete noch hell. Lamparter holte sein Fahrrad aus dem Ständer und machte sich auf den Weg nach Hause.

Das Dorf lag wie ausgestorben da. Um diese Zeit war kein Mensch auf der Straße, dabei war es erst kurz nach 19 Uhr am Abend. Aber jetzt waren die Leute daheim, saßen beim Abendessen oder vor dem Fernseher. Manch einer mochte im *Goldenen Ochsen* beim Abendschoppen sein, aber das wurden auch immer weniger.

Lamparter bewohnte ein kleines Einfamilienhaus am Rande der Gemeinde Heimeringen, dort, wo es aus der Senke nach Norden hin bergauf ging. Das Häuschen stand erhöht, quasi an der Kante zur Albhochfläche. Hinter dem Haus, wo der Blick nach Norden und Osten ging, erstreckte sich die weite Hochfläche der Schwäbischen Alb. Wiesen und ein paar wenige Äcker wechselten sich ab. Wacholderbüsche hockten in unregelmäßigen Abständen über die Landschaft verteilt im Gras. Das ganze Gebiet wäre längst von Bäumen und Büschen überwuchert worden, wenn die vielen Schafe nicht gewesen wären, die jeden Trieb abfraßen, die stachligen Wacholderpflanzen aber in Ruhe ließen. So war die sogenannte »Wacholderheide« entstanden. Die Schafherden waren die eigentlichen Landschaftsgestalter der Schwäbischen Alb.

Als Lamparter die steile Steige erreichte, die zu seinem Haus hinaufführte, stieg er ab und schob sein Fahrrad. Bis vor wenigen Monaten hatte er den Anstieg noch im Sattel geschafft, aber seit einiger Zeit ging ihm schon nach dem ersten Drittel die Luft aus, und heute fiel ihm der Weg bergauf besonders schwer.

Für Anfang November war es noch sehr warm. Lamparter lehnte sein Fahrrad gegen die Hauswand, stieg die drei Steinstufen zum Haus hinauf und schloss die Tür auf. Er ging in die Küche, holte eine Flasche Rotwein und ein Glas aus dem Regal und verließ das Häuschen durch die Küchentür nach draußen.

An vielen seiner einsamen Abende saß Georg Lamparter auf der Bank an der hinteren Hauswand, ein Bier oder ein Glas Wein neben sich, und tat nichts, als die Landschaft zu betrachten, in die braune Feldwege verzweigte Linien zeichneten. Er zählte die Vögel am

Himmel und verfolgte die langsam ziehende Schafherde, die in der warmen Jahreszeit unter der Führung des Schäfers nach keinem erkennbaren Plan den gesamten Rücken des Gewanns Heimeringen abgraste und jetzt, da es dunkel wurde, auf dem Weg in ihren Pferch war. Ins Haus ging er erst, wenn sich die Nacht über die Landschaft gesenkt hatte und die Fledermäuse begannen, um das Haus zu flattern. Heute blieb er noch über eine Stunde länger fast regungslos sitzen.

Lamparters Frau war vor vier Jahren gestorben, und er hatte sich an keine neue gewöhnen können. Seine Tochter war mit ihrem Mann nach Amerika gezogen, sein Sohn lebte in Australien.

Als seine Familie noch beisammen war, hatte er nur für sie und den Betrieb gelebt. Aber nun? Er gab sich umtriebig, nahm jede ehrenamtliche Aufgabe an, die man ihm anbot, organisierte, was zu organisieren war, und machte sich auf diese Weise unentbehrlich. Er brauchte Menschen um sich herum und blieb doch auf Distanz zu ihnen.

Dass er zu viel trank, war ihm bewusst. Sei es bei den Sitzungen der Vereinsvorstände oder im Gemeinderat beim anschließenden gemütlichen Beisammensein – er sprach dem Alkohol in zu großen Mengen zu, wusste es und konnte es doch nicht ändern. Auch wenn er abends alleine war, kam er auf sechs oder sieben Viertel Wein und fand nur schwer ins Bett. In der Vesperpause, vormittags zwischen 9 und 9.30 Uhr, konnte er schon zwei Flaschen Bier trinken, während sich die

Kollegen mit Mineralwasser oder von zu Hause mit-
gebrachtem Tee begnügten.

Und so war es auch gekommen, dass er im Betrieb
immer mehr Fehler machte. Müllerschön hatte ja recht.
In letzter Zeit hatte Lamparter einige Male wichtige Bestellungen für neues Arbeitsmaterial vergessen, Liefertermine verschusselt und bei Störungen im
Betriebsablauf zu spät eingegriffen. Seine Mitarbeiter kannten das Problem und versuchten mit verein-
ten Kräften, die Fehler ihres Betriebsleiters auszu-
bügeln. Aber das gelang nicht immer. Und so war es
nun unausweichlich zu dem Gespräch mit dem Chef
gekommen.

Der Wecker klingelte um 5.30 Uhr in der Frühe. Lamparter kam nur schwer zu sich. Hinter seiner Stirn saß
ein stechender Schmerz. Mühsam richtete er sich auf
und setzte seine nackten Füße auf den Dielenboden.
Er beugte sich weit nach vorne und richtete dann den
Oberkörper langsam auf, indem er beide Hände flach
gegen sein müdes Kreuz stemmte. Er ging ins Bad,
duschte ein paar Mal abwechselnd heiß und kalt und
kam so nach und nach zu sich. Auf der Kaffeemaschine
stand noch die halb gefüllte Kanne vom Vortag. Er
trank die kalte Brühe direkt aus der Kanne, schüttelte
sich und zog sich an.

Lamparter schloss grade sein Fahrrad an, als die
schwarze Limousine des Chefs auf den Fabrikhof rollte.

»Sag mal, was kommt dich denn an?«, begrüßte ihn der Fabrikant. Er sah auf die teure Armbanduhr an seinem dicken Handgelenk. »Es ist noch lang nicht 7 Uhr!«

»Ich wollt nochmal mit dir reden. Ich weiß ja, dass du morgens immer der Erste bist«, sagte Lamparter.

Nebeneinander gingen sie in Richtung Maschinenhalle. »Ja, dann red!«, sagte der Chef.

Lamparter blieb stehen. Der Himmel hatte sich grau bezogen. Erste Regentropfen fielen. »Mit dem schönen Wetter ist's offenbar vorbei.«

Müllerschön nickte und schaute blinzelnd zu den Wolken hinauf. »Die Natur kann den Regen brauchen.«

»Stimmt«, sagte Lamparter.

Sie gingen jetzt schnell weiter und hielten erst unter dem breiten Vordach der Fabrikhalle an.

»Und?«, sagte Müllerschön. »Schwätz!«

»Ich hab ja kaum amal Urlaub g'macht, seitdem mei Frau g'storben ist.«

»Obwohl ich dir immer gut zugeredet hab.«

»Ja, aber …«, Lamparter winkte ab, »jetzt tät ich gern eine Auszeit nehmen. Du warst da doch immer mal wieder in so einer Kur.«

»Jawoll, auf der Mettnau. Könnt ich dir empfehlen. Ich übernehm auch die Kosten.«

»Das ist nicht nötig.«

»Aber möglich, gell.«

»Es ist halt nur …«, Lamparter zögerte, »wer macht dann so lang meine Arbeit?«

Müllerschön legte seine Hand auf den Arm seines Betriebsleiters. »Niemand ist unersetzlich, du nicht und ich auch nicht, gell.«

»Der Knäblich könnt's machen. Es wär ja nur für drei oder vier Wochen.«

Müllerschön wiegte seinen Kopf hin und her. »Ja«, sagte er bedächtig, »das wär eine Möglichkeit.« Er drehte den Schlüssel im Schloss des Tors zur Halle und stieß einen der Flügel auf. »Ich finde die Idee mit der Kur gut. Wenn du willst, soll das Fräulein Hammerstein sich drum kümmern.« Gudrun Hammerstein, auf die Anrede »Fräulein« legte die 42-Jährige großen Wert, war seit vielen Jahren Müllerschöns Sekretärin.

An Lamparters letztem Arbeitstag vor seiner Kur arbeitete Albert Müllerschön bis spät am Abend. Er hatte nicht bemerkt, wie sein Betriebsleiter Punkt 17 Uhr die Fabrik verlassen hatte, ohne, wie sonst üblich, noch einmal kurz bei ihm hereinzuschauen. Auch von seinen Mitarbeitern hatte sich Lamparter nicht verabschiedet. Er war aus der Halle gegangen, als wolle er nur schnell etwas aus dem Lager holen, war dann aber nicht mehr zurückgekommen. Was es für die Zeit seiner Abwesenheit zu besprechen gab, hatte er den Tag über erledigt.

Als Albert Müllerschön endlich Feierabend machte, fuhr er nicht gleich nach Hause, sondern lenkte seinen Mercedes die Bergsteige hinauf und ließ den Wagen vor Lamparters Häuschen ausrollen. Der Hausherr hatte das Motorgeräusch gehört und trat vor die Tür. »Ja so was!«, rief er überrascht.

»Alles okay bei dir?«, fragte Müllerschön.

»Ja, warum fragst?«

Müllerschon hob die Schultern. »So halt. Trinken wir noch a Gläsle mitnander?«

»Gern, ein letztes. Ab morgen ist Schluss damit.«

»Na ja, die Mettnau ist ja keine Entzugsklinik.«

»Dann wär ich auch gar nicht hingegangen.«

Es war kalt geworden, weswegen sie sich nicht auf die Bank hinter dem Haus setzen konnten, sondern in Lamparters Küche Platz nahmen. Im Herd brannte ein Feuer und verstrahlte eine angenehme Wärme. Seine Frau habe immer einen Elektroherd anschaffen wollen, sagte der Hausherr, aber es sei dann doch nicht mehr dazu gekommen. Sie setzten sich an den Küchentisch.

»Ich hab sie gemocht, deine Amelie«, sagte Müllerschön.

Lamparter nickte nur und goss Rotwein in zwei Henkelgläser. Müllerschön nahm die Flasche in die Hand und studierte das Etikett. »Trollinger mit Lemberger, Schloss Afaltrach, der ist in Ordnung!«

Sie tranken sich zu. Dann sah Müllerschön seinem Mitarbeiter in die Augen. »Ich wollt' dir noch was sagen, Georg. Was unsere Firma dir zu verdanken hat, weiß ich natürlich, gell.«

Lamparter hob den Kopf, eine steile Falte bildete sich auf seiner Stirn von der Nasenwurzel bis zum Haaransatz. »Was willst jetzt damit sagen?«

»Nix Besonderes.«

»Klang aber so.«

»Na ja, eigentlich wollt ich sagen: Egal was passiert, ein Platz in unserer Firma ist dir immer sicher.«

»Gut! Darauf lass uns trinken, Albert!«

Sie stießen an. Den Rest des Abends verbrachten sie mit Weißt-du-noch-Geschichten, wie sie damals in den frühen 50er-Jahren in der Metallwerkstatt von Karl Josef Müllerschön angefangen hatten, Georg als Lehrling mit grade mal 14 Jahren und Albert, der vor seinem Studium praktische Erfahrung sammeln sollte.

Als Georg Lamparter ins Bett ging, ließ er das Gespräch noch einmal Revue passieren. Was hatte der Chef gesagt? »Ein Platz in unserer Firma ist dir immer sicher.« Erst jetzt fiel Lamparter auf, dass Müllerschön nicht gesagt hatte »*dein* Platz«, sondern nur »*ein* Platz«. Aber er sagte sich, dass das wahrscheinlich nichts zu bedeuten habe.

2

Severin Kühn saß in seiner kleinen Wohnung in Berlin in der Odersberger Straße. Er fühlte sich an diesem Tag besonders einsam. Dass seine Frau mit der gemeinsamen damals zehnjährigen Tochter in den Westen abgehauen war, hatte Severin Kühn tief getroffen. Bis heute war er überzeugt davon, dass ihre Republikflucht eine von ihr bewusst gewählte, besonders perfide Form der Trennung gewesen war. Sie hatte nur noch einen Brief aus Düsseldorf geschickt, und von da an hatte er nichts mehr von ihr gehört.

Inzwischen waren fünf Jahre vergangen. Severin Kühn, am 9. November 1951 geboren, feierte seinen 42. Geburtstag.

Noch vor drei Jahren war das anders gewesen. Er hatte die ganze Mannschaft aus dem Betrieb zu sich nach Hause eingeladen. Alle 16 waren gekommen. Ohne Ausnahme. Und alle waren gemeinsam auf die Straße gezogen und Richtung Westberlin gelaufen, als sich herumsprach, dass die Mauer mit einem Mal offen war. Jubel, Trubel, ausgelassene Freude.

Diesmal feierte keiner mit ihm. Die alten Kollegen waren in alle Winde zerstreut, die Firma war über die Treuhand abgewickelt und an ein Westunternehmen veräußert worden. Alle Mitarbeiter wurden freigestellt, also entlassen. Nur Severin Kühn war übrig geblieben. Seine Aufgabe als Betriebsleiter war es gewesen, die Produktionsstätte in Berlin aufzulösen. Die Arbeit hatte er vor wenigen Tagen abgeschlossen. Wie es für ihn weitergehen würde – er hatte keine Ahnung.

In dem volkseigenen Betrieb *VEB Gerüstbau* waren 17 Männer und Frauen beschäftigt gewesen, und sie hatten Erfolg gehabt. Nicht zuletzt dank der technischen Entwicklungen, die Severin Kühn selbst ausgetüftelt hatte. Die Produkte hatten durchaus Weststandard, wie man damals sagte, und wurden deshalb sogar in die Bundesrepublik geliefert. Kühn war unersetzlich und behielt seine Stellung, obwohl er nie in die Partei eingetreten war. Aber nun war alles vorbei.

Er ging ins Schlafzimmer, nahm den Instrumentenkoffer, der oben auf dem Kleiderschrank lag, herunter, packte die Trompete aus, blies in das Mundstück und setzte es auf. Er verließ die Wohnung und stieg im Treppenhaus bis zum Dachgeschoss hinauf. Dort öffnete er mit dem Haken an einer langen Stange die Dachluke, zog die Leiter herunter und stieg ins Freie. Die Nacht lag über Berlin. Es roch nach Schnee, und dabei war es doch erst Mitte November. Kühn machte ein paar Schritte auf das flache Dach hinaus. Ein paar Tauben flogen davon. Er ließ sich auf einer umgedrehten Bierkiste nieder, die, solange er denken konnte, dicht bei einem Kamin stand, sodass man sich an das Ziegelviereck anlehnen konnte. Kühn spürte eine angenehme Wärme in seinem Rücken. Er setzte die Trompete an, blies willkürlich ein paar Noten und begann dann, die Melodie von *Il Silencio* zu spielen. Erst leise, dann immer lauter. Klar schwangen sich die klagenden Töne über die Dächer von Berlin. Hinter den Lichterketten der Prenzlauer Allee öffnete sich das dunkle Areal des Volksparks Friedrichshain. In der anderen Richtung sah man die beleuchtete Spitze des Fernsehturms am Alexanderplatz. Kühn fragte sich, wie weit wohl der Klang seiner Trompete zu hören war.

Tags darauf klingelte es schon morgens gegen 9 Uhr an seiner Tür. Severin Kühn war noch im Bademantel, seine nackten Füße steckten in alten Filzpantoffeln, die sich langsam auflösten. Er öffnete. Vor ihm stand Albert Müllerschön mit einem Blumenstrauß in der Hand.

Severin starrte den kleinen dicken Mann an. »Mit allem hätte ich gerechnet, nur nicht mit Ihnen«, sagte er.

»Ja, gell!« Der Besucher drückte dem Hausherrn den Blumenstrauß in die Hand. »Herzlichen Glückwunsch zum Geburtstag! Ich wollt schon gestern Abend vorbeikommen, aber da haben Sie nicht aufgemacht. Ich hab Sie Trompete spielen hören. Ich wusste ja, das können nur Sie sein. Es kam irgendwie vom Dach. Schön! Sehr schön! Ich hab a Weile zug'hört und bin dann wieder in mein kleines Hotel.«

Ein paar Augenblicke standen sich die beiden Männer gegenüber. Severin Kühn überragte den kleinen, gedrungenen Müllerschön um gut 20 Zentimeter. Endlich trat der Hausherr zur Seite. »Kommen Sie doch rein.«

Müllerschön betrat die kleine Wohnung und sah sich neugierig um. »Sie wohnen ganz allein, gell?«

»Wenn Sie wegen meinem Abschlussbericht gekommen sind …«

»Nein, nein«, der Besucher hob abwehrend beide Hände. »Also herzlichen Glückwunsch nochmal. – Es ist ja sehr ordentlich bei Ihnen.«

Kühn nickte nur. »Möchten Sie einen Kaffee?«

»Ja, gerne.«

Severin Kühn ging in die Küche, legte den Blumenstrauß ins Spülbecken, drückte den Stopfen ins Abflussloch und ließ Wasser laufen. Er setzte den Kaffee auf, holte aus dem Hängeschrank über der Spüle eine Schachtel Kekse, drehte das Wasser ab und ging ins Wohnzimmer zurück. Müllerschön hatte sich in den einzigen Sessel gesetzt. Kühn stellte zwei Kaffeetassen, kleine Dessertteller und die Schachtel mit den Keksen auf den niedrigen Couchtisch.

»Tadellose Arbeit!«, sagte sein Besucher und rückte auf dem Sessel bis zur Kante vor.

»Na ja, das bisschen Tischdecken.«

»Das meine ich nicht. Ich rede über die Firmenauflösung.«

»Ach so.« Kühn ging in die Küche zurück, um den Kaffee zu holen. »Milch? Zucker?«, fragte er über die Schulter.

»Beides bitte, wenn Sie haben.«

Danach saßen sie sich eine ganze Weile stumm gegenüber und rührten in ihren Tassen, ehe der Gast wieder das Wort nahm. »Ich wollte Ihnen ein Angebot machen.«

Überrascht hob Severin Kühn den Kopf.

»Ja, gucken Sie net so. Uns mangelt es hinten und vorne an Fachkräften. Unser Betrieb liegt nun mal auf der Schwäbischen Alb und nicht in Stuttgart-Zuffenhausen oder Sindelfingen.«

Kühn sagte nichts dazu. Er trank einen Schluck Kaffee und sah den Besucher über den Tassenrand hinweg an. Albert Müllerschön war näher an 60 als an 50, schätzte er. Er hatte ein rundes, rosiges Gesicht und kleine graue Augen, sein Mund war schmal und senkte sich rechts und links nach unten, was den Eindruck vermittelte, als missfiele ihm alles, worüber er nachdachte oder sprach. Seine wenigen Haare hatte er quer über seinen kahlen Schädel gekämmt. Beim Reden hob er immer mal wieder eruptiv beide Schultern bis zu den Ohren.

»Waren Sie schon mal in der Gegend?«, fragte Müllerschön.

»Nein. Ich reise nicht.«

»Dabei heißt 's immer, die Leut ausem Osten holen jetzt alles nach, gell. Italien, Frankreich, Spanien oder sogar – was weiß ich – Madagaskar.«

Severin Kühn fand, dass er darauf nicht antworten musste.

Müllerschön tunkte einen Keks in seinen Kaffee und führte ihn langsam zum Mund. »Ich hab denkt, Sie könnten sich unseren Betrieb ja mal anschauen und natürlich auch die Gegend bei uns, gell. Es ist a schönes Fleckle Erde.«

»Wie heißt der Ort nochmal?« Kühn fragte nur, weil er das Gefühl hatte, auch etwas sagen zu müssen.

»Heimeringen, aber des wisset Sie doch!« Müllerschön schlug sich mit beiden Händen auf die Knie und stand auf. »Ja, also, was meinen Sie?«

»Anschauen kann ich's mir ja mal.« Auch Severin Kühn stand auf.

»Sie könnten bis Stuttgart fliegen, und dort holt Sie einer von meinen Leuten ab.«

Severin schüttelte den Kopf. »Ich fahr mit dem Auto.«

»Ich denk, Sie habet so einen Trabi.«

»Ja. Wann soll ich da sein?«

»Am besten kommen Sie am übernächsten Sonntag, und dann am Montag in den Betrieb. Ich lass Ihnen ein Zimmer im *Goldenen Ochsen* reservieren.« Müllerschön streckte Kühn seine kleine fleischige Hand hin. »Abgemacht! Über die Modalitäten reden wir dann in Heimeringen.«

Kühn nickte und brachte seinen Gast zur Tür. Als sie sich hinter Müllerschön geschlossen hatte, blieb der Hausherr eine ganze Zeit regungslos stehen. Schließlich kam wieder Bewegung in ihn. Er ging zum Couchtisch, um abzuräumen. »Was soll ich auf der Schwäbischen Alb?«, brummte er, als er die Tassen und Teller ins Spülbecken stapelte.

3

Wenn irgendwer Lamparter einmal vorhergesagt hätte, dass er an einem kalten Novembermorgen, kurz nach 7 Uhr, am Ufer des Bodensees herumhüpfen würde, als ziehe jemand an einer Schnur unterhalb seines schweren Körpers – er hätte ihn für verrückt erklärt. Andererseits, wenn er ehrlich zu sich war, bewunderte er das Naturschauspiel, das sich den morgendlichen Turnern bot. Glutrot ging die Sonne im Osten über dem Säntis, dem Pfänder und den Allgäuer Alpen auf. Die schwarzen scharf konturierten Silhouetten der Berge verwandelten sich über ein dunkles Blau in ein helles Grau. Je höher die Sonne stieg, umso deutlicher waren die ersten Schneefelder in den oberen Regionen der Berge zu erkennen. Immer klarer traten die Formen der Gesteinsriesen hervor und spiegelten sich als Ebenbild in dem glatten Wasser des Bodensees. Ein paar Schwäne erhoben sich, als wollten sie der Sonne entgegenfliegen. Weit draußen trieb ein Ruderer sein Boot mit schnellen Schlägen Richtung Radolfzell. Die gegenüberliegende Halbinsel Höri lag noch im Dunkeln, aber jetzt erreichten dort die ersten Sonnenstrahlen die kleine Kirche von Horn, die auf dem sanften Grat stand, als müsste sie den See bewachen.

»Bitte in einer Reihe hintereinander aufstellen!«, rief der Sportlehrer. Was jetzt kam, konnte Lamparter nicht ausstehen. Man klopfte dem Vordermann oder der Vorderfrau den Rücken und die Schultern, knetete die Nackenmuskulatur, während man selbst vom Hintermann ebenfalls massiert wurde, drehte sich dann um, und das Spiel begann von Neuen. Allerdings musste er zugeben, dass ihm die laienhafte Massage durch seine Mitpatienten guttat.

»Einen wunderschönen Tag«, trompetete der Trainer zum Abschluss. Die Frühsportler zerstreuten sich schnell. Einige rannten in den Speiseraum, um zu frühstücken, andere gingen auf ihre Zimmer, um zu duschen, und dann gab es noch jene, denen der Frühsport nicht genügte und die auf der Strecke die genau einen Kilometer lang unter alten Bäumen um das Therapiegelände auf der Halbinsel Mettnau herumführte, noch ein paar Joggingrunden anhängten. Er selbst machte sich, wenn auch nur schlendernd, auf denselben Weg, weil er von der Inselspitze aus einen Blick auf das Bergmassiv, die Reichenau und auf das Konstanzer Ufer werfen wollte.

Obwohl der Himmel immer heller wurde, blitzten in den Häusern jenseits des Sees ab und zu Lichter hinter den Fensterscheiben. Noch hatte sich der Tag nicht ganz durchgesetzt. Der Wind frischte auf. Bevor Lamparter das Haus verlassen hatte, hatte er einen Blick auf das Thermometer geworfen. Zwei Grad unter null. Ein Mann, der im Speisesaal an seinem Nebentisch saß, joggte an Lamparter vorbei und rief ihm ein wenig atemlos zu: »Los, Sportsfreund, laufen, nicht bummeln!«

Lamparter antwortete nur mit einem unwirschen Knurren und verlangsamte seinen Schritt noch ein wenig.

Das Ufer aus grobem Kies war breit. Steinbänke voller Geröll, die sonst unter der Oberfläche verborgen lagen, zogen sich bis weit in den See hinein, der über ungewöhnlich wenig Wasser verfügte. Lamparter warf einen Blick zu den Bergen hinüber. Wenn im kommenden Winter nicht sehr viel mehr Schnee fiel, würde es im Frühjahr auch nicht genug Schmelzwasser geben, um den Bodensee ordentlich aufzufüllen.

Er blieb stehen und zog die Luft tief ein. Es war ihm, als könne er bis zu den Zehenspitzen atmen. Sein Blick ging hinüber zu den Bergen. Hinter dem Pfänder konnte man die Gipfel des Bregenzer Waldes erahnen und hinter denen wiederum das riesige Arlbergmassiv. Die Sonne hatte sich inzwischen über die Kanten der Berge geschoben und schwebte als roter Ball über den Gipfeln. Bald würde sie verblassen, das Rot würde heller werden und am Ende dem Blau eines klaren Winterhimmels weichen.

Bei der ärztlichen Untersuchung gleich nach seiner Ankunft hatte Lamparter auf die Frage, was ihn denn bewogen habe, auf der Mettnau zu kuren, offen zugegeben, dass er ein Alkoholproblem habe.

»Und? Haben Sie sich selbst entschlossen, dagegen anzugehen?«, fragte der Doktor, ein zierlicher Mann mit dem drahtigen Körper eines Ausdauersportlers.

»Mehr oder weniger. Mein Arbeitgeber hat mich praktisch hergeschickt. Er war selber schon ein paar Mal hier, um sich fit zu machen.«

»Wie heißt er denn?«

»Müllerschön, Albert Müllerschön.«

Es stellte sich heraus, dass der Arzt Lamparters Chef kannte. »Ein netter Mann«, sagte er, wie man über jemanden redet, an den man sich nicht so recht erinnert.

Ob er es sich zutraue, die vier oder sechs Wochen ganz ohne Alkohol auszukommen, fragte der Arzt.

»Ich will's probieren«, antwortete Georg Lamparter.

An den Vormittagen absolvierte er ein strenges Sportprogramm: Wassergymnastik, Dehngymnastik, Konditionsgymnastik. An den nachmittäglichen Wanderungen unter Führung eines Sportlehrers beteiligte er sich nicht. Da ging er lieber seine eigenen Wege. Meist fuhr er mit dem Auto in die Umgebung und suchte sich dann eine überschaubare Wanderroute. Und so fuhr er auch am zweiten Freitag nach seiner Ankunft über Möggingen nach Liggeringen, stellte seinen Wagen dort am Friedhof ab und marschierte über den Höhenrücken Richtung Güttingen. Hier, auf dem Bodanrück, war man gut 650 Meter über dem Meer, und der Blick ging weit übers Land.

Georg Lamparter setzte sich auf eine Bank und genoss die Aussicht. Tief unter ihm lag der Bodensee, der aus dieser Perspektive fast in seiner ganzen Ausdehnung zu sehen war. Auf der anderen Bodenseeseite erhob sich der sanfte Bergrücken der Höri. Nach Westen stuften sich hinter den Vulkankegeln zum Schwarzwald hin die bewaldeten Berge des Hegau hintereinander. Die Einschnitte der Täler konnte man erahnen. Aber jetzt, da es Abend wurde, verschwammen die Konturen zunehmend. Die Farben wurden von der Dämmerung geschluckt. Das Grün der Wälder erlosch, wurde zu einem sanften Graublau. Es wurde langsam Nacht. Die Waldberge standen nun tiefblau gegen das Licht der untergehenden Sonne.

Georg Lamparter spürte die Müdigkeit nach den anstrengenden Sportstunden in allen Knochen, aber er genoss sie auch. Es war eine angenehme Müdigkeit. Warum hatte er sich nur so dagegen gesträubt, in die Kur zu fahren. Jetzt genoss er jede Minute. Vor allem auf seinen einsamen Spaziergängen gegen Abend, wenn vom See her eine gewisse Wärme aufkam, die der Luft alles Winterliche nahm. Wenn jetzt seine Frau Amelie noch da wäre und ihn hierher begleitet hätte …

»Guten Abend!« Eine helle Stimme schreckte ihn auf. Er brauchte ein paar Augenblicke, um sich von seinen Gedanken zu lösen.

»'n Abend«, murmelte er.

»Kennen Sie sich hier aus?«, fragte die Frau, die er erst jetzt in den Blick nahm.

»Wie man's nimmt. Ich bin nicht von hier.«

»Darf ich?«, die Frau setzte sich neben ihn, ohne seine Antwort abzuwarten.

»Haben Sie sich denn verlaufen?«, fragte Lamparter.

»Und wie. Ich dürfte nicht alleine losgehen. Ich bin nämlich flurirre.«

»Was sind Sie?«

»So sagt man, wenn ein Mensch überhaupt keinen vernünftigen Orientierungssinn hat.«

»Aha. Wo müssen Sie denn hin?«

»Auf die Mettnau.«

»Sind Sie etwa von dort bis hierhergelaufen?«

»Ja, und ich glaube, ich habe sogar einen ziemlichen Umweg gemacht. Ich bin schon seit fünf Stunden unterwegs.«

»Sind Sie auf der Mettnau in der Kur?«

»Ja.«

»Ich auch.«

»In welcher Klinik? Es gibt ja verschiedene Häuser.«

»In der Hermann-Albrecht-Klinik« antwortete Lamparter.

»Ach, deshalb sind wir uns noch nicht begegnet. Ich bin in der Messner-Klinik.«

»Dann haben wir ja den gleichen Heimweg. Ich hab mein Auto drunten am Friedhof von Liggeringen stehen. Das sind von hier nur zwei Kilometer. Die schaffen Sie doch noch, oder?«

»Aber ja.«

Auf dem Weg zum Parkplatz stellte die Frau fest, dass

es schon zu spät fürs Abendessen war. Sie werde Probleme kriegen, sagte sie, weil sie sich nicht abgemeldet habe.

»Wir können anrufen und Bescheid sagen«, meine Lamparter.

»Wie denn, hier gibt's doch weit und breit keine Telefonzelle.«

»Ich hab so ein neumodisches Mobiltelefon«, sagte Lamparter. »Wie heißen Sie denn?«

»Biesinger. Cornelia Biesinger.«

Lamparter zog aus seinem Rucksack ein Gerät so groß wie ein kleines Radio und fuhr die Antenne aus. »Und? Haben Sie die Telefonnummer der Messner-Klinik im Kopf?«

Sie lächelte. »Ich bin zwar flurirre, aber ich hab ein ganz tolles Zahlengedächtnis.«

Lamparter wählte die Nummer nach den Angaben der Frau, bekam rasch Verbindung und reichte ihr dann das Telefon weiter. Während sie erklärte, dass sie sich auf eine Wanderung verlaufen habe und deshalb nicht rechtzeitig zum Abendessen zurück sein könne, schaute Lamparter die Frau aufmerksam an. Sie mochte 40 oder 45 Jahre alt sein. Man konnte das Alter der Frauen ja immer weniger bestimmen. Manchmal sah eine mit Mitte 50 aus, als habe sie grade die 30 überschritten. Sie war schlank, etwa einen Kopf kleiner als er selbst. Ihre roten Locken quollen unter der blauen Strickmütze hervor, die sie weit über die Ohren gezogen hatte. Das Gesicht war mit Sommersprossen übersät. Cornelia Biesinger hatte eine lustige Stupsnase, helle Augen, deren Farbe bei dem abnehmenden Licht allerdings nicht zu erkennen war, und volle Lippen. Die weiten Wanderklamotten ließen ihre Figur nur ahnen.

»Alles okay«, sagte sie jetzt.

»Dann schlage ich vor, wir gehen in Liggeringen in den *Landgasthof Adler*. Dort gibt's die besten Dünnele.«

»Dünnele?«

»Ja, das sind eigentlich Flammkuchen. Den Namen hier haben sie von dem besonders dünnen knusprigen Boden. Nirgendwo gibt's die besser als in Liggeringen.« Lamparter deutete mit dem ausgestreckten Arm auf die kleine Ansiedlung unter ihnen. »Außerdem machen die Wirtsleute den besten Obstschnaps weit und breit.«

Eine halbe Stunde später betraten sie das rustikale Lokal. Sie suchten sich einen Tisch mit Blick auf den riesigen runden Backofen, in den die Dünnele eingeschossen wurden.

»Und Sie haben all die Dünnele während Ihrer Kur ausprobiert?«, fragte Frau Biesinger.

Lamparter lachte. »Nein, nein, ich wohne nicht so weit von hier. Früher, als meine Frau noch lebte, sind wir öfter am Wochenende an den Bodensee gefahren, und dann sind wir immer hier im *Adler* eingekehrt.«

Seine Begleiterin sagte nichts darauf. Sie sah ihn nur forschend von der Seite an. Als sich ihre Blicke trafen, stellte Lamparter fest, dass ihre Augen blau waren. Auch ihre Figur musste man nun nicht mehr erahnen, weil die Frau ihren gefütterten Parka abgelegt hatte. Darunter trug sie einen enganliegenden schwarz-weiß gestreiften Pulli und schwarze Jeans. Auf ihre Figur konnte sie stolz sein, ob sie nun 30, 40 oder 50 Jahre alt war, fand Lamparter.

Wie alt er wohl sein mag?, fragte sich Cornelia Biesinger. Die 50 hat er bestimmt hinter sich. Er war gut einen Meter 80 groß, aber schmächtig. Die Brust etwas eingefallen, die Wangen ein wenig hohl. Die braunen Augen lagen tief in den Höhlen. Aber das alles mochte mit einer Krankheit zusammenhängen, deretwegen er wohl auf der Mettnau war. Seine Haltung war sehr aufrecht. Seine kräftigen Hände verrieten, dass er einer handwerklichen Arbeit nachging.

Die Bedienung fragte nach ihren Getränkewünschen. Cornelia bestellte ein Glas trockenen Weißwein.

»Da würde ich mich gerne anschließen«, sagte Lamparter, »aber ich darf nicht. Mir bitte ein Apfelschorle.«

Cornelia reagierte sofort: »Macht es Ihnen etwas aus, wenn ich Wein trinke?«

»Aber nein, ganz im Gegenteil.« Er überlegte sich, ob er ihr gestehen sollte, warum er keinen Alkohol trank, verwarf aber den Gedanken.

Das Gespräch kam nur schleppend in Gang. Sie komme aus Heidelberg, verriet Cornelia. Georg erläuterte, wo Heimeringen lag: »Es ist nur ein kleines Dorf mit nicht mal ganz 1500 Einwohnern.« Über sich und warum er zur Kur auf der Mettnau war, wollte er nicht reden, und bei ihr schien es genauso zu sein. Die Dünnele erwiesen sich als echte Delikatesse. Frau Biesinger sagte, die wolle sie zu Hause auch mal backen. Dann schwiegen sie wieder eine Weile, ehe sie fragte: »Sie sind also Witwer?«

»Seit vier Jahren«, Georg Lamparter nickte, sagte aber nichts weiter dazu.

Auch auf der Fahrt nach Radolfzell und auf die Halbinsel im See sprachen sie nicht. Erst als Lamparter den Wagen vor der Messner-Klinik anhielt, sagte er: »Wollen wir uns mal wiedersehen?«

»Ja gerne«, antwortete Carole Biesinger. »Vielleicht morgen nach dem Mittagessen?«

»Gut. Ich hole Sie um 13 Uhr ab.«

»Ich freu mich!« Cornelia stieg aus, drückte die Beifahrertür ins Schloss und winkte noch einmal kurz. Georg Lamparter blieb noch eine Weile regungslos sitzen und sah ihr nach, bis sie in dem Klinikgebäude verschwunden war. Sie hatte einen eleganten, beschwingten Gang, fand er.

Georg Lamparter ging nicht gleich auf sein Zimmer, sondern machte den Umweg vom Parkplatz zur Kurklinik über das Scheffelschlösschen. Der Dichter Victor von Scheffel hatte hier in den 80er-Jahren des 19. Jahrhunderts gewohnt. Damals war das Schlösschen das einzige Gebäude auf der ganzen Halbinsel Mettnau gewesen, die zum Städtchen Radolfzell gehörte. Der Autor des *Ekkehard* und des *Trompeters von Säckingen* lebte völlig zurückgezogen. Seine Werke hatten bis zu 268 Auflagen erzielt, was ihm genügend Geld einbrachte, um hier, auf einem der schönsten Fleckchen am Bodensee, privatisieren zu können. Jetzt diente das Schlösschen als Sitz der Kurverwaltung. Im Erdgeschoss befand sich eine kleine Bibliothek. Lamparter hatte sie gleich am zweiten Tag nach seiner Ankunft entdeckt, und die gemütliche Bücherstube wurde sein bevorzugter Rückzugsort, wenn er alleine sein wollte; denn nur selten hielt sich dort ein anderer Kurgast auf. Lamparter nahm das Buch, das er sich zurückgelegt hatte, aus einem schmalen Schrank, setzte sich in einen der bequemen Ohrensessel, schaltete die kleine Stehlampe daneben ein und begann, sich, wie schon so manchen Abend zuvor, in die Lektüre des Scheffel-Romans *Der Trompeter von Säckingen* zu vertiefen, eine wunderbare Liebesgeschichte zwischen der bezaubernden jungen Adligen Margareta von Schönau und dem genial begabten Trompeter Jung-Werner, der ein bettelarmer Musikant war.

In einem Streit zwischen aufständischen Bauern und den Truppen des Herrn von Schönau wird der Trompeter, der auf der Seite Schönaus kämpft, schwer verletzt und von Margareta, die sich dabei unsterblich in ihn verliebt, gesund gepflegt. Die beiden wollen heiraten. Doch der Baron von Schönau weist das Ansinnen weit von sich. Jung-Werner zieht schweren Herzens davon und wird wieder ein fahrender Musikant. »Behüt' dich Gott, es wär so schön gewesen; behüt' dich Gott, es hat nicht sollen sein«, heißt es in dem Lied, das er zum Abschied spielt. Auf seiner Reise landet er schließlich im Vatikan, wo ihn der Papst wegen seines grandiosen

Trompetenspiels zum Ritter adelt. Zufällig reist auch Margareta um diese Zeit nach Rom, trifft den Trompeter wieder, und die Liebe ist so stark wie je zuvor. Jetzt steht einer Heirat nichts mehr im Wege, ist der Musiker doch auf einmal ebenbürtig.

In einem Begleittext las Lamparter, dass der Roman auf eine wahre Begebenheit zurückging. Aber mehr als die Menschen in der Erzählung faszinierte ihn ein Tier im Besitz des Barons von Schönau: der Kater Hiddigeigei, der, in Ungarn geboren, über Paris nach Säckingen gekommen war. Das mächtige Tier, grünäugig und mit einem schwarzen Samtfell und einem zuweilen »hochmütigen Dulderantlitz« schaut von der Höhe des Turms auf das Treiben der Menschen. Sein Glaube an das Gute zerbricht nach und nach, genauso, wie es seinem Erfinder Victor von Scheffel gegangen sein mochte. Der Kater fürchtet sich vor dem Alter und dem Sterben und ekelt sich vor dem Niedergang der Menschen und ihrer Dichtung.

Lamparter war von der Geschichte so beeindruckt, weil er alles so gut nachempfinden konnte, was der Kater sagte und dachte, obwohl das fast 130 Jahre her war.

Am nächsten Tag brachte Georg Lamparter sein kalorienarmes Mittagessen in Rekordzeit hinter sich und machte sich schon bald danach zu Fuß auf den Weg zur Messner-Klinik. Er zwang sich dazu, langsam zu gehen, blieb ab und zu am Ufer des Sees stehen und sah den Schwänen zu, die – immer paarweise dicht nebeneinander – im flachen Wasser gründelten. Punkt 13 Uhr erreichte er die Rezeption, wo Cornelia Biesinger schon auf ihn wartete. Sie sah auf ihre Armbanduhr und sagte: »So hab ich Sie eingeschätzt.«

»Wie denn?«, fragte er.

»Sie sind einer, nach dem man die Uhr stellen kann.«

Lamparter lachte. »Ja, wenn ich einen Termin habe, bin ich immer früher da und laufe so lange ums Haus herum, bis die Zeit stimmt.«

»Haben Sie das heute auch gemacht?«

»Nein, nein. Ich komme auf dem direkten Weg. Wollen wir ein Stück spazieren gehen?«

Hinter dem Kurgelände zog sich ein schmaler Pfad am See entlang. Links wurde er durch einen dichten Schilfgürtel begrenzt, hinter dem man das Wasser nur vermuten, aber leise plätschern hören konnte. Rechts wechselten Wiesenstücke und kleine Baumbestände ab. An manchen Stellen war der Untergrund so sumpfig, dass aus Dielenbrettern kleine Brücken gebaut worden waren, um die matschigen Stellen trockenen Fußes überwinden zu können. Sie sprachen nur wenig, aber das Schweigen war ihnen nicht peinlich.

Schließlich fragte Lamparter: »Sind Sie schon länger in der Kur?«

»Vier Wochen. Zwei habe ich noch.«

Georg Lamparter räusperte sich. »Haben Sie …« Er musste nochmal ansetzen: »Haben Sie Familie?«

»Zwei Kinder, beide schon erwachsen.«

»Meine auch. Aber die sind weit weg. Der Sohn ist in Australien, die Tochter hat nach Amerika geheiratet.«

»Meine sind zum Glück in der Nähe. Ich würde mich sonst ziemlich einsam fühlen.«

Lamparter traute sich nicht zu fragen, was mit dem Vater der Kinder sei. Nach einigem Zögern sagte sie: »Ich bin geschieden. Schon seit 15 Jahren.«

Die beiden Spaziergänger erreichten die Spitze der Mettnau. Der Blick ging hinüber zur Insel Reichenau. »Im Winter vor drei Jahren war der See so dick zugefroren, dass man zu Fuß hinübergehen konnte«, erzählte Lamparter. »Da war vielleicht was los! Auf dem Überlinger See – das ist der schmale Teil dort links – entstand eine riesige Eisbahn für Schlittschuhläufer, und in null Komma nix wurden da alle möglichen Buden aufgebaut: Bratwurststände, Hütten, in denen Glühwein verkauft wurde, oder andere, in denen es Handschuhe und warme Mützen gab.«

»Das muss schön gewesen sein.«

»Ja, das war's, zumal wochenlang die Sonne schien, allerdings bei minus 15 Grad.«

Auch jetzt schien die Sonne, und ein makelloser blauer Himmel spannte sich über den Bodensee. Dicht am Ufer lag ein umgestürzter dicker Baum. Lamparter zog seine warme Jacke aus und breitete sie über den Stamm. Sie mussten sich dicht nebeneinandersetzen, damit sie beide darauf Platz hatten.

Direkt vor ihnen glitt ein Schwanenpaar über das Wasser. Die Bewegungen der beiden Tiere waren absolut synchron: drehte sich das eine, drehte sich auch das andere. Es war wie ein völlig harmonischer Tanz zu einer unhörbaren Musik.

»Zum Glück ist es heute gar nicht kalt.« Cornelia schloss die Augen und lehnte sich leicht gegen die Schulter Lamparters. Nach einer Weile sagte sie plötzlich: »In unserer Sportgruppe duzen sich alle.«

»Aha.«

Sie lachte kurz auf. »Wir zwei sind zwar keine Sportgruppe ...«

»Ach so?«, sagte Lamparter. »Ja also, an mir soll's nicht liegen. Ich heiße Georg.«

»Cornelia«, sagte sie und reichte ihm ihre Hand, dann lehnte sie sich überraschend zurück, sah ihm ins Gesicht, beugte sich wieder weit nach vorne und hauchte ihm einen Kuss auf die Wange. »So macht man das doch, oder?«

Lamparter lächelte. »Ich bin in solchen Sachen nicht sehr geübt.«

4

»Über kurz oder lang schmeißt er den Lamparter 'naus«, sagte Fritz Gollhofer, der als Schlosser in der Firma Müllerschön arbeitete. Timo Frohnlechner, Lehrer an der Hauptschule in Heimeringen, hob sein Glas. »Trinken wir drauf, dass es nicht so kommt.« Ein lautes gemeinsames »Prost« hallte durch die kleine Wirtschaft des *Goldenen Ochsen*.

»Das macht der Müllerschön nicht«, sagte Otto Knäblich, »dafür haben die zwei viel zu lange zusammen geschirrt.«

»Aber in letzter Zeit ...«, weiter kam Werkmeister Knäblich nicht.

»Jeder Mensch macht doch amal einen Fehler!«, unterbrach ihn Karl Schmied, der als Buchhalter bei Müllerschön arbeitete.

»Ja schon«, meinte Frohnlechner, »aber wenn der Fehler sich zu oft wiederholt ...«

»Trotzdem«, ließ sich Fritz Gollhofer hören, »der

Lamparter ist ein guter Chef. Ich schaff jetzt seit 15 Jahr unter ihm, und nie hab ich auch nur ein böses Wort von ihm gehört.«

Frohnlechner lachte kurz auf. »Sagen wir: Er ist ein bequemer Chef für euch. Und was man in letzter Zeit so hört …«, weiter sprach der Lehrer nicht.

»Wir haben dem Lamparter ja immer geholfen, so gut wir konnten«, sagte Kevin Beck, der Jüngste in der Runde und Werkzeugmacher in der Firma Müllerschön.

Frohnlechner schüttelte den Kopf. »Ein Chef, dem man helfen muss, damit man seine Fehler nicht so sieht …«

»Jetzt hör amal auf, ja? Was verstehst denn du davon?«, rief Karl Schmied.

»Ich bin ja au net auf dr Nudelsupp' daherg'schwommen«, antwortete der Lehrer Frohnlechner leicht pikiert.

Knäblich hob den Kopf. »Jetzt lasst mal den Lamparter seine Kur machen, und ich sag euch, wenn er zurückkommt, ist er wieder ganz der Alte.«

Erich Kleinlein, einer der letzten Landwirte in Heimeringen, sagte bedächtig: »Ja no, man redet halt doch schon a Weile darüber, dass der Lamparter sich übernommen haben könnt. Und wie ich euern Chef kenn'…« Er unterbrach sich, denn im gleichen Augenblick ging die Tür auf, und Albert Müllerschön trat mit einem freundlichen »Guten Abend allerseits« herein. Er ging direkt zur Theke und bestellte bei der Wirtin Thekla: »Ein Bier! Und dass ich's nicht vergess: Für übernächsten Sonntag muss ich ein Zimmer buchen.«

»Für wie lang?«

»Des weiß ich noch nicht so genau, aber ein paar Tag werden's schon werden.«

»Und wie heißt der Gast?«

»Kühn. Severin Kühn. Die Rechnung geht dann auf mich.«

In kleinen kurzen Schritten kam Müllerschön an den Stammtisch, klopfte mit den Fingerknöcheln drei Mal auf die Tischplatte und setzte sich.

Frohnlechner sah den Fabrikanten an. »Sie waren verreist?«

»So, hat sich das rumgesprochen?« Der Fabrikant dachte nicht daran, mehr dazu zu sagen.

Der Lehrer deutete auf einen leeren Stuhl am Tisch. »Der Lamparter fehlt uns.«

»Mir auch«, sagte Müllerschön.

»Nimmt er denn seinen alten Posten wieder ein, wenn er aus der Kur zurückkommt?«

»Was interessiert jetzt Sie das, Herr Frohnlechner?« Müllerschön hob ruckartig beide Schultern. »Ich frag Sie doch auch nicht, was in Ihrer Schule passiert.«

»Na ja, man redet halt drüber.«

Müllerschön beugte sich über den Tisch. »Knäblich, wie alt sind Sie jetzt?«

»Im Juni nächstes Jahr werd' ich 65. Im Juni geh ich in Rente.«

»Also!« Müllerschön fasste das Glas am Henkel, das Thekla in diesem Augenblick vor ihm absetzte. »Prost allerseits.« Er trank und wischte sich den Schaum mit dem ausgestreckten Zeigefinger von den Lippen. »Und sonst?«

»Nix B'sonders. Der Musikverein sucht einen neuen Dirigenten. Der Greiner hat auf Ende Mai gekündigt.«

»Einen Dirigenten wird man finden«, sagte der Fabrikant. »Alles eine Frage der Bezahlung, gell.«

»Aber für den Lamparter als Vorstand ist das schon ein Problem«, sagte Kevin Beck. »Grad jetzt, wo er gar nicht da ist.«

»Es ist doch sowieso alles a bissle viel für ihn«, nahm der Bauer Erich Kleinlein seinen Gedanken von zuvor wieder auf, »was der alles am Hals hat: Vorsitzender des Musikvereins, Gemeinderat, Kassenwart beim Schützenverein, Vorsitzender vom Höhlenverein, Präsident von der Fasnetsgesellschaft.«

»Jaja, a G'schaftlhuber isch er scho«, sagte Gollhofer.

»Er g'hört halt zu den Dummen, mit denen man die Welt umtreibt«, warf Knäblich ein.

»Und er trinkt zu viel«, ließ sich Timo Frohnlechner hören.

»Wer ohne Schuld ist, der werfe den ersten Stein.« Das kam wieder von Knäblich. Die ganze Runde lachte.

5

Severin Kühn reiste mit kleinem Gepäck, und weil er sich nicht traute, mit seinem in die Jahre gekommenen Trabi über die Autobahn zu fahren, wählte er den umständlichen Weg über Land. Unterwegs wollte er in möglichst preiswerten Gasthöfen oder Frühstückspensionen übernachten.

Als er Thüringen hinter sich gelassen hatte, wählte er die »Straße der Fachwerkromantik«, wie sie durch immer wiederkehrende Schilder bezeichnet wurde. Nun lag das Gebiet der ehemaligen DDR hinter ihm, und der Unterschied traf ihn wie ein Schock. Alles wirkte wie neu, die Häuser weiß verputzt, die Fachwerkbalken sauber in dunklem Braun herausgearbeitet, die Dächer makellos gedeckt, die Fahrbahn glatt, die Gehsteige gefegt, die Gartenzäune frisch gestrichen. Er hatte ein graues Land hinter sich gelassen, wo seit Jahren nicht mehr in die Straßen und Häuser investiert werden konnte. Wie denn auch bei den niedrigen Mieten?

Am ersten Tag, es war Freitag, schaffte er es bis in einen Ort mit dem Namen Stadtlauringen. Am Marktplatz fand er einen kleinen Gasthof. Als er vor dessen Tür parkte, war sein Auto schon nach wenigen Augenblicken von jungen Burschen umringt. »Ist das ein Trabi?«, fragte einer.

»Ja, das ist ein Trabant«, antwortete Kühn freundlich.

»Der ist aus Pappe und hat einen Zweitaktmotor«, rief ein vielleicht 15-Jähriger.

»Und wie schnell fährt der?«, wollte ein anderer wissen.

»Nicht so schnell wie ein Porsche«, antwortete Severin Kühn lächelnd und betrat den Gasthof. Er wurde von einer Wirtin freundlich empfangen. Als er den Übernachtungspreis mit Frühstück vernahm, schluckte er, entschied sich aber dennoch zu bleiben.

Eine Stunde später setzte er sich an einen Tisch im Gastraum und ließ sich die Speisekarte bringen. Er entschied sich für Rindsroulade mit Kartoffelpüree und einen gemischten Salat. Die Wirtin zog ihn in ein Gespräch, an dem sich bald auch Gäste an den Nebentischen beteiligten. Severin Kühn konnte sich des Eindrucks nicht erwehren, als sprächen sie mit ihm wie mit einem Kranken oder einem armen Verwandten, als sie erfuhren, dass er aus der DDR kam, freundlich zwar, aber mit einer erkennbaren Herablassung für diesen Menschen aus dem Osten. Severin Kühn fühlte sich unbehaglich. Schon mehrmals auf dieser Reise war er kurz davor gewesen umzukehren. Er hatte nicht gedacht, dass er sich im Westen so fremd fühlen würde.

Kurz nach 21 Uhr am Abend ging er auf sein Zimmer.

Früh am Samstag fuhr er weiter und erreichte am Nachmittag das Städtchen Nürtingen am Neckar. Er stellte seinen Trabi auf einem großen Parkplatz am Bahnhof ab und machte sich zu Fuß auf die Suche nach einem Hotel. Gegen 18 Uhr setzte er sich an einen kleinen Zweiertisch in der Gaststube. Ein Mann, den er auf mindestens 80 Jahre schätzte, saß an einem runden Tisch dicht bei einem großen, mit kunstvollen Kacheln verkleideten Ofen, der eine angenehme Wärme ausstrahlte.

»Wollet Sie sich nicht zu uns setzen?«, fragte der Alte.

»Uns? Sie sind doch allein.«

»Die anderen kommen noch«, antwortete der Mann lächelnd und wies auf das Messingschild in der Mitte des Tisches, auf dem »Stammtisch« stand.

Severin Kühn nahm sein Glas, das Besteck und die Serviette und zog um.

»Sie kommet ausem Osten?«

»Sieht man das?«

»Nein, die Wirtin hat's g'sagt. Prost. Von wo kommen Sie denn?«

»Aus Berlin. Also Ostberlin, um genau zu sein.«

»Macht man da noch immer Unterschiede?«

Severin Kühn lachte. »Das wird noch lange so gehen, ich denke mindestens ein, zwei Generationen.«

»Ha komm!«, sagte der alte Schwabe.

Nach und nach trudelten die Stammtischbrüder ein, manche noch im blauen Arbeitsanzug, andere in gediegener Freizeitkleidung. Die vier Männer und zwei Frauen erwiesen sich auf eine höfliche Weise als neugierig. »Man weiß ja so wenig über die neuen Länder«, sagte einer. »Erzählen Sie doch mal.«

»Waren Sie denn noch nie drüben – ich meine, in der DDR?«, fragte Kühn in die Runde.

Kopfschütteln ringsum.

»Sie wissen also nichts über unser Land.«

»Unser Land?«, rief einer. »Das können wir doch zum Glück jetzt über ganz Deutschland sagen.«

»Genau«, rief eine Frau. »Sie müssen doch unheimlich glücklich sein.«

»Glücklich? Worüber?«

»Na, dass Sie jetzt frei sind und reisen können und all so was.«

Kühn nahm einen langen Schluck aus seinem Bierglas und stellte es behutsam auf die Tischplatte aus massivem Holz zurück. »All so was ... Stellen Sie sich doch mal vor, Sie wachen eines Morgens auf und Ihr Land ist weg? Und dann kommt eine Überraschung nach der anderen. Zum Beispiel, dass man von heut auf morgen arbeitslos ist, weil der Betrieb einfach übernommen worden ist – für 'n Appel und 'n Ei von irgendeinem Investor aus dem Westen. Oder die Firma wird gleich verschrottet, abgewickelt, aufgelöst, auch wenn sie gute Arbeit gemacht und erfolgreich gewirtschaftet hat. Lebensgeschichten sind da jäh unterbrochen worden. Man hat verdiente Fachleute einfach entlassen, in die vorgezogene Rente geschickt oder verlangte von ihnen, sich umschulen zu lassen.«

Der Mann, der ihn an den Stammtisch eingeladen hatte, hob den Finger, aber Severin Kühn ließ ihn nicht zu Wort kommen. Obwohl er merkte, dass er richtig ins Dozieren geraten war, was er eigentlich überhaupt nicht leiden konnte, fuhr er mit lauterer Stimme fort: »Auf einmal liegt dein ganzes Berufsleben auf dem Müllhaufen. Es gibt keinerlei Sicherheit mehr. Das Vertrauen untereinander geht verloren. Die Leute, die grade noch deine Freunde oder Arbeitskollegen waren, sind weg. Wer weiß, vielleicht haben sie eine neue Arbeit gefunden, oder aber sie verkriechen sich, weil sie plötzlich nichts mehr verdienen und sich schämen. Und dann kommen Leute aus dem Westen und sagen einem so ganz von oben herab, was wir doch für Glückskinder seien.«

Plötzlich war es still geworden in der Gaststube, bis der Alte nachdenklich sagte: »So hab ich das noch nicht gesehen.« Einige nickten zustimmend. Eine junge Frau sagte: »Na ja, bei euch hat es ein Recht auf Arbeit gegeben, egal, ob es für alle Arbeit gab oder nicht.«

Severin Kühn nickte. »Da ist was dran. Aber eine Aufgabe und sein Auskommen hatte irgendwie jeder und eine Sicherheit, und wenn er dann plötzlich arbeitslos war … – Das hat immerhin mehr als ein Drittel von uns getroffen.«

»Sie auch?«, fragte ein Mann, der in bemerkenswerter Eile einen mächtigen Rostbraten mit Bratkartoffeln verdrückte.

»Ja, mich auch«, sagte Kühn. »Mein Betrieb ist von einer westdeutschen Firma übernommen und sofort plattgemacht worden. Die Kundschaft – wir haben auch in den Westen geliefert – wurde natürlich übernommen. Das Gelände und die Immobilie hat der neue Besitzer verkauft.«

»Aber das ist ja nur eine Seite der Geschichte«, ließ sich einer der Stammtischbrüder hören, »wir stecken doch jetzt unheimlich viel Geld da drüben rein. Irgendwann ist bei euch alles neu und modern. Helmut Kohl hat's doch gesagt: Das werden lauter blühende Landschaften.«

»Ja, und bei uns fehlt dann das Geld, bloß weil es den bankrotten Kommunisten hinten und vorne reingeschoben wird«, rief die junge Frau.

»Des hättscht jetzt lieber net sage solle, Elfriede«, sagte der Alte und bestellte »noch ein Bier für unseren Gast aus dem Osten.«

»Ich fand eure Montagsdemonstrationen bewundernswert«, meldete sich ein Stammtischgast, der bislang noch nicht gesprochen hatte, »vor allem die am 4. November. Waren Sie denn da auch dabei?«

»Nein, ich habe gearbeitet. Überstunden gemacht bis fast 22 Uhr am Abend. Wir hatten damals ganz gute Aufträge in unserer kleinen Firma.« Es hätte ihm gefallen, wenn seine Zuhörer nun nachgefragt hätten, was das denn für eine Firma gewesen sei. Aber plötzlich schien das Interesse erloschen, und die Schwaben diskutierten über ein Fußballspiel, das der *VFB Stuttgart* am Nachmittag verloren hatte. Aus dem Verein könne nicht mehr viel werden, sagte einer, und das liege an der Führung. »Der Fisch stinkt vom Kopf her!« Seine Tischnachbarn klopften ihre Zustimmung mit den Fingerknöcheln auf den Holztisch.

Severin Kühn nickte. Aber er dachte dabei nicht an den Stuttgarter Fußballklub, sondern an das Land, das ihm verlorengegangen war.

Als Severin Kühn am nächsten Morgen in sein Auto stieg, begannen gerade die Glocken der Stadtkirche zum Gottesdienst zu rufen. Ein eisiger Wind fegte durch die menschenleeren Gassen. Kühn hatte sich warm angezogen; denn die Heizung seines Autos hatte am Vortag den Geist aufgegeben. Eigentlich hatte er vorgehabt, den Schaden gleich in der Frühe zu reparieren, aber dann wäre er vielleicht mit ölverschmierten Händen in Heimeringen angekommen und hätte auch noch seine Kleider schmutzig gemacht. Da fror er lieber ein bisschen. Von der Heizung abgesehen, hatte sein kleiner Trabi gut durchgehalten, und jetzt hatte er nur noch rund 60 Kilometer vor sich. Die Straßenkarte lag auf dem Beifahrersitz. Er suchte sich den Weg über Reutlingen und Ulm.

In einem hatte Albert Müllerschön recht gehabt: Es war in der Tat ein schönes Fleckchen Erde, das er nun durchquerte. Nach Süden hin tauchten die lang gezogenen Höhen der Schwäbischen Alb auf. In einem Dorf musste er anhalten, weil die Kirchgänger vor dem Gotteshaus sich eifrig unterhaltend die Straße versperrten. Er stieg aus und fragte, ob er denn auf dem richtigen Weg in die Gegend von Ulm sei.

Wo er denn genau hin wolle, fragte ihn ein Mann.

»Der Ort heißt Heimeringen.«

»Ja, des ischt aber ned direkt bei Ulm«, sagte einer der Kirchgänger.

»Aber die Richtung stimmt«, wusste ein anderer. »Da fahren Sie jetzt am besten über Reutlingen und Pfullingen in Richtung Riedlingen. Sie können die Genkinger Steige hoch oder die Honauer Steige, da kämen Sie dann an der Burg Lichtenstein vorbei. Wenn Sie auf der Albhochfläche sind, fahren Sie weiter Richtung Blaubeuren. Und dann ist Heimeringen auch schon irgendwann ausgeschildert. Können Sie gar nicht verfehlen.«

Als Kühn wieder einstieg, hörte er einen Mann sagen: »Na, hoffentlich schafft er das mit seiner Pappkiste.«

Hinter Honau ging es zunächst in engen Kurven ein steiles Sträßchen bergauf. Severin Kühn fuhr langsam, und wenn er im Rückspiegel ein Auto sah, das sich schnell näherte, wich er aus, so gut er konnte. Rechts tauchte auf einem hohen, schroffen Felsen die Burg Lichtenstein auf. Schließlich erreichte er eine Hochebene. Der Blick ging jetzt weit übers Land. Rechts dehnte sich eine Schafweide bis zu einem dichten Waldrand in gut fünf Kilometern Entfernung. Auf einem kleinen Parkplatz stellte Kühn seinen Trabi ab, stieg aus und machte ein paar Lockerungsübungen. Er hatte ja Zeit.

Ich habe ja dann viel Zeit, hatte er noch vor ein paar Wochen gedacht. Sobald er den Auftrag, bei der Vernichtung seiner eigenen Existenz behilflich zu sein, beendet haben würde, wartete die Leere der Beschäftigungslosigkeit auf ihn.

Für ihn war die Wende völlig überraschend gekommen. Er hatte nicht mitdemonstriert, hatte sich aus allem rausgehalten. Als nach den Montagsdemonstrationen in Leipzig erste Kundgebungen in Berlin folgten und ein paar seiner Mitarbeiter sich abgemeldet hatten, um an den Aufmärschen teilzunehmen, hatte er es ihnen zwar nicht verboten, aber er hatte die Stunden als Fehlzeiten notiert, die nachzuholen waren. Wenn es bei Frühstücksgesprächen wieder einmal um einen Kollegen ging, der in den Westen abgehauen war, hatte er nur den Kopf geschüttelt und gesagt, für ihn gelte noch immer der Bibelspruch: »Bleibe im Land und nähre dich redlich.« Darauf hatte sein bester Kumpel Kai immer prompt geantwortet: »Für mich heißt's: Bleib im Land und wehre dich täglich!«

»Immer noch besser, als einfach alles stehen und liegen zu lassen und abzuhauen«, hatte Kühn daraufhin gesagt.

Die Kollegen blieben dann still, weil sie wussten, wie sehr er unter der Republikflucht seiner Frau und seiner Tochter litt.

Sie hatten zwar zu Hause manchmal darüber gesprochen, wie es wäre, wenn man einen Weg in den Westen finden könnte. Für Severin war das aber immer nur eine theoretische Überlegung gewesen. Er war nicht der Mann, der für eine vage Hoffnung sein Leben aufs Spiel gesetzt hätte. Und er war immer überzeugt gewesen, dass es auch für Ilona nur Gedankenspielereien waren. Die zierliche, nur einen Meter 60 große, temperamentvolle und meist fröhliche Frau mit ihren kurzen rotblonden Haaren und der zauberhaften Figur hatte sich, genauso wie er, in den Verhältnissen eingerichtet. Zumindest hatte er das geglaubt. Der Alltag war ja gar nicht so schlecht gewesen. Sie hatten ihr Auskommen und ihre Freunde und seit einigen Jahren sogar ihr Auto. Einmal im Jahr fuhren sie in den Ferien an einen Mecklenburgischen See, wo sie auf dem immer gleichen Campingplatz ihr Zelt aufbauten. Dort trafen sie auf Menschen, die jedes Jahr wiederkamen und im Laufe der Jahre gute Freunde geworden waren – eine Gemeinschaft, die nur ganz selten erschüttert wurde, wenn wieder einmal jemand für alle überraschend 'rübergemacht hatte in den Westen. Man nahm das zur Kenntnis, ohne viel darüber zu sprechen, doch Severin erschien es immer wie ein Verrat. Als dann Ilona und seine kleine Tochter Sandra von einem Tag auf den anderen verschwunden waren und Severin erfahren musste, dass sie ohne Ankündigung in den Westen gegangen waren, weigerte er sich zunächst, es zu glauben. Und als er begriff, dass seine Frau zusammen mit einem anderen Mann geflohen war, stürzte ihn das in eine tiefe Depression, aus der er nur mit großer Mühe herausfand.

Gegen 14 Uhr erreichte er die Gegend um Heimeringen. Ein schmales Sträßchen führte in sanften Kurven in ein kleines Flusstal hinab. Auf halber Höhe hielt er an und stieg aus. Unterwegs war er durch lang gezogene Straßendörfer gekommen, aber nun lag ein Dorf vor ihm, das sich in der Talsohle rund um eine Kirche schmiegte. Die Häuser hockten dicht beieinander. Am südlichen Ende der Ansiedlung entdeckte er ein graues kastenförmiges Fabrikgebäude mit einem großen Parkplatz. Das musste Müllerschöns Firma sein, mehr Produktionsstätten waren nicht zu erkennen. Heimeringen verfügte offensichtlich nicht über ein Industriegebiet wie so viele andere Orte, die er mit seinem Trabi durchfahren hatte.

Severin Kühn stieg wieder ein, öffnete das Handschuhfach und entnahm ihm einen Zettel mit der Privatanschrift Albert Müllerschöns. Im Leerlauf ließ er sein kleines Auto vollends hinabrollen bis zum Dorfrand. Niemand war auf der Straße. Ein altes Lied kam ihm in den Kopf: »So ein trüber Sonntagmorgen, die Kirchen voll, die Straßen leer.« Es war zwar Nachmittag, aber Heimeringen wirkte trotzdem wie ausgestorben. Und jetzt begann es auch noch zu schneien. Ihm fiel ein, dass man *die Schwäbische Alb* auch die »Rauhe Alb« nannte. Still blieb er in seinem Auto sitzen, die Hände zwischen den Knien. Noch war Zeit umzukehren.

Als Severin Kühn den Motor wieder starten wollte, sprang er nicht an. Über 600 Kilometer hatte der Trabi klaglos seinen Dienst getan, jetzt schien er ihn zu verweigern. Kühn stieg aus. Um den Motor würde er sich später kümmern. Er schob das Auto auf eine Parkbucht zu.

»Kann man Ihnen helfen?«, hörte er plötzlich eine Stimme hinter sich und spürte im gleichen Moment, dass sich sein Fahrzeug leichter bewegen ließ. Er sah sich über die Schulter um. Ein Mann um die 30 hatte seine Hände auf den Kofferraum gelegt und schob kräftig mit.

»Sie kommen aus Berlin?« Der hilfsbereite Mann deutete auf das Nummernschild.

»Hm«, machte Kühn. »Vielen Dank für Ihre Hilfe.«

»Kein Problem. Wie hat Sie's denn hierher verschlagen?«

»Wissen Sie, wo Albert Müllerschön wohnt?«, fragte Severin Kühn dagegen.

Der Mann lachte. »Das weiß hier jeder. Wenn Sie an der Kirche links vorbeigehen, kommen Sie nach etwa 300 Metern an einen Hang hinter dem Bach. Es ist so ein Bungalow, also schon was Besseres.«

»Danke.« Kühn holte seinen Parka aus dem Trabi, schlüpfte hinein und zog die Kapuze über den Kopf. Der Schneefall hatte zugenommen. Sein Gegenüber dachte nicht daran weiterzugehen. »Kennen Sie ihn denn?«

Kühn nickte, sagte aber nichts dazu.

»Sind Sie mit ihm verwandt?«

Severin Kühn sah dem anderen in die Augen. »So fragt man Leute aus.«

»'tschuldigung. Es interessiert einen halt.« Der junge Mann streckte Kühn die Hand hin. »Beck mein Name, ich schaff beim Müllerschön ... – also, ich arbeite bei ihm.«

»Schon verstanden.« Kühn drückte kurz die Hand des Mannes. »Ja, dann mach ick mir mal auf 'n Weg.«

»Schönen Sonntag noch«, sagte Kevin Beck und ging in die entgegengesetzte Richtung davon.

Der Schnee fiel in immer dichteren Flocken und blieb auf der Straße liegen. Severin Kühn erreichte den Bach. Eine Brücke führte zum anderen Ufer hinüber und dort zu einem schmiedeeisernen Tor. Kühn blieb stehen und wischte sich den Schnee aus den Augen. Hinter dem Tor schlängelte sich ein asphaltierter Weg durch einen parkähnlichen Garten über einen sanften Hang bis zu einem flachen Gebäude hinauf, das links und rechts von je einem schön geformten Tannenbaum flankiert wurde.

Kühn ging über die Brücke. Zwei große Hunde stürzten den Hang herab und sprangen laut bellend an dem Eisengitter hoch. Erst nach einigem Suchen entdeckte der Ankömmling den Klingelknopf, der von einem herabhängenden, schneetriefenden Efeuzweig verdeckt war. Noch bevor er drücken konnte, hörte er eine Stimme: »Da sind Sie ja, Herr Kühn! Warten Sie, ich komme.« Jetzt erst nahm Kühn die Kamera und den Lautsprecher der Gegensprechanlage rechts oben über dem Gittertor wahr.

Albert Müllerschön kam in schnellen, kurzen Schritten den asphaltierten Weg herunter, auf dem der Schnee seltsamerweise nicht liegenblieb. Müllerschön pfiff den Hunden und befahl ihnen: »Bei Fuß und still, ja!« Dann wendete er sich seinem Gast zu: »Jetzt bin ich aber froh, dass Sie 's geschafft haben. Kommen Sie. Das ist ja ein Sauwetter, gell!« Er deutete kurz auf die Tiere: »Sie wissen ja: Hunde, die bellen, beißen nicht.«

Er warf das Tor wieder zu, gab Severin Kühn kurz die Hand und eilte dann voraus zu dem Bungalow hinauf. Die Hunde sprangen jetzt schwanzwedelnd um die beiden Männer herum. »Der Weg ist beheizt«, erklärte der Hausherr, »deshalb bleibt kein Schnee drauf liegen, und er vereist auch nicht.« Einen Augenblick blieb er stehen, deutete auf das flache Gebäude und sagte: »So hat man halt Ende der 50er-Jahre gebaut. Damals galt das als besonders schick. Heut würde ich's anders machen. Aber solang mein Vater noch lebt … Schon das Flachdach – was für ein Blödsinn in einer Gegend, wo es so viel schneit.«

Die Haustür wurde von innen geöffnet. Auf der Schwelle erschien eine hochgewachsene blonde Frau, gut einen Kopf größer als Müllerschön, in einem dunkelblauen Kleid mit einer weißen Schürze, um die ein fein bestickter Rand lief. »Marianne, das ist jetzt der Herr Kühn aus Berlin«, sagte Müllerschön.

Die Hausfrau reichte dem Neuankömmling die Hand. »Ich freue mich, Sie kennenzulernen.«

Severin Kühn sagte: »Ja, ich freue mich auch« und bückte sich, um seine nassen Schuhe auszuziehen.

»Um Gottes willen, lassen Sie bitte Ihre Schuhe an«, rief die Hausfrau. »Das bisschen Nässe ist doch nachher schnell weggeputzt.«

Das Ehepaar geleitete Severin Kühn durch einen mindestens 70 Quadratmeter großen Wohnraum zu einem Wintergarten, dessen Panoramafenster den Blick auf eine weite Landschaft freigab. Der Hang war hier nur noch flach und ging in eine Wiesenebene über. »Der Blick ist unverbaubar«, sagte Müllerschön. »Den notwendigen Gemeinderatsbeschluss haben wir rechtzeitig herbeigeführt. Das wird weder Bauland noch Bauerwartungsland. Nehmen Sie doch Platz. Wir trinken erst mal gemütlich Kaffee zusammen. Meine Frau hat einen Kuchen gebacken.«

Kaum hatten sie sich gesetzt, da kam, auf einen Stock gestützt, Müllerschöns Vater herein. Er ging kerzengerade. »Bleiben Sie sitzen«, rief er mit einer seltsam knarzenden Stimme, als Kühn sich anschickte aufzustehen. »Sie sind jetzt also der Ossi?« Mit einem kleinen Seufzer ließ sich der alte Mann, der nach Kühns Schätzung weit über 80 sein musste, in einen Sessel sinken. Sein scharf geschnittenes, von Falten zerfurchtes Gesicht hatte etwas von einem Greifvogel. Und dass er den Kopf bei jedem Satz, den er sprach, ruckartig nach vorne schob, verstärkte den Eindruck.

»Ja, ich komme aus Ostberlin«, antwortete Kühn steif.

»Da soll's ja auch tüchtige Leut geben.« Der Alte nahm mit zitternden Händen die Kaffeetasse entgegen, die ihm seine Schwiegertochter reichte.

»Ich hab dir ja gesagt, dass der Herr Kühn ein paar wichtige Erfindungen gemacht hat«, meldete sich Müllerschön junior.

»Und da haben Sie die Patente drauf?«, wollte der alte Herr wissen. »Dann sind Sie also ein wohlhabender Mann?«

Severin Kühn schüttelte den Kopf. »So lief das bei uns nicht. Wir haben zwar eine ganz schöne Prämie bekommen, die wir nicht einmal versteuern mussten, aber die Patente gehörten dem Kollektiv, also dem Betrieb, und mit der Übernahme gehören Sie jetzt Ihrem Sohn.«

»Ja, kann man da nichts machen?«

»Vater!«, rief Albert Müllerschön mahnend. »Da geht nix!«

»So, meinst?« Der Alte sah den Gast unverwandt an. »Ich glaub', in nächster Zeit geht viel mehr, als wir so denken.«

»Was meinen Sie?«, fragte Kühn höflich.

»Jetzt, wo Deutschland wieder groß ist. Jaja, natürlich nicht so groß, wie es amal war, aber doch ... – also 80 Millionen Einwohner. Das größte Land in Europa. Da hat man doch gleich eine ganz andere Stimme, net wahr?«

Severin Kühn schwieg. Auf diese Diskussion wollte er sich nicht einlassen.

Später begleitete Müllerschön seinen Gast zum *Goldenen Ochsen*, stellte ihn der Wirtin vor und verabschiedete sich.

Am Sonntagabend habe sie keine Küche, sagte Thekla Schaible, da blieben die Leute zu Hause und guckten *Tatort* im Fernsehen. »Aber ich könnt' Ihnen ein paar Ochsenaugen machen.«

»Was bitte?«

»So heißen Spiegeleier bei uns.«

Kühn lehnte ab. »Ich hab bei der Familie Müllerschön so viel Kuchen gegessen, das reicht bis zum Frühstück.«

»Das gibt es ab 7 Uhr«, sagte die Wirtin. »Und jetzt zeige ich Ihnen Ihr Zimmer.«

6

Georg Lamparter und Cornelia Biesinger nahmen in einer Nische des Restaurants *Grüner Baum* in Moos Platz. Der kleine Ort lag, etwa sieben Kilometer vom Kurgebiet Mettnau entfernt, am südlichen Ufer des Zeller Sees, der eine Art Wurmfortsatz des Bodensees darstellt. Das Lokal hatte einen ausgezeichneten Ruf, vor allem wegen seiner Fischgerichte.

Es war ihr Abschiedsabend. Am nächsten Tag würde Cornelia abreisen. Lamparters Kur dauerte noch 14 Tage.

»Worüber denkst du nach?«, fragte Cornelia.

»Der Arzt meint, ich soll noch zwei Wochen dranhängen.«

»Mach das doch!«

»Wenn du noch da wärst, fiele es mir leichter.«

»Das klingt ja wie ein Kompliment.«

Lamparter wurde einer Antwort enthoben, weil der Wirt persönlich an den Tisch trat, um ihnen ein

Abschiedsmenü zu empfehlen. Sie waren jetzt schon ein paar Mal im *Grünen Baum* zum Essen gewesen und hatten den freundlichen Mann ein wenig kennengelernt. Und so folgten sie in allem seinen Vorschlägen. »Es ist nicht nur, weil du morgen wegfährst«, hob Lamparter zögernd an. »Ich habe heute einen Brief von einem meiner Mitarbeiter bekommen …« Er fasste in die Innentasche seiner Jacke, zog ein Kuvert heraus und entnahm ihm ein Blatt, das er nun Cornelia über den Tisch reichte. »Da, lies!«

»Soll ich wirklich?«

»Wir kennen uns jetzt so gut …« Lamparter nahm einen Schluck Mineralwasser aus seinem Glas.

»Na, wenn du meinst.« Sie faltete das Papier auseinander und begann zu lesen:

Lieber Georg,

wie geht es dir? Uns geht's ganz gut hier. Allerdings hat es eine Veränderung gegeben. Müllerschön hat den früheren Betriebsleiter von diesem VEB-Betrieb aus dem Osten eingestellt. Severin Kühn heißt er. Wir wissen nicht so recht, welche Pläne der Chef mit ihm hat, und er selber redet fast gar nichts. Trotzdem hat er Allüren wie ein Vorgesetzter, aber da beißt er bei uns natürlich auf Granit. Knäblich und Beck meinen, wir sollten den so schnell wie möglich wieder loswerden. Kurz und gut: Je eher du wieder da bist, umso

besser. Wir hoffen alle, dass du dich gut erholst,
und freuen uns auf deine Rückkehr.

Mit herzlichen Grüßen, dein Karl Schmied.

Cornelia ließ das Blatt sinken. »Ist dieser Karl Schmied ein guter Freund von dir?«

»Freund wär übertrieben, aber ein ordentlicher Kollege. Der Buchhalter in unserer Firma.«

Das Essen schmeckte, als hätte sich der Koch an diesem Abend ganz besondere Mühe gegeben, und als die Bedienung abgeräumt hatte, sagte Georg Lamparter: »Zur Feier des Tages mache ich mal eine Ausnahme, und wir trinken ein Fläschchen Wein miteinander.«

»Lieber nicht«, sagte Cornelia Biesinger. »Bis jetzt hast du so gut durchgehalten.«

»Ja, grad deshalb, zur Belohnung. Ich bin ja kein Alkoholiker, deshalb kann ich auch nicht rückfällig werden, wenn du das meinst.« Lamparter bestellte eine Flasche *Meersburger Spinne*, und schon als er den Probierschluck nahm, spürte er, was ihm die ganze Zeit gefehlt hatte.

Die Kellnerin füllte die Gläser, die beiden prosteten sich zu, und schon nach dem ersten Glas merkte Lamparter, wie ihm der Wein zu Kopf stieg. Aber er war deswegen nicht etwa alarmiert. Es dauerte nicht lange, und die Flasche war leer, obwohl Cornelia sehr viel weniger trank als Georg. Als er noch eine zweite bestellte, wagte sie nicht etwas zu sagen, zumal er so redselig und lustig war wie die ganze Zeit noch nie. Er nahm ihre Hand und legte sie kurz an seine Wange. »Ich fühle mich mit dir so wohl, das glaubst du gar nicht«, sagte er.

»Mir geht's mit dir genauso.«

Jetzt kannten sie sich seit zehn Tagen. Inzwischen hatte sich eine schöne Vertrautheit zwischen ihnen entwickelt. Aber zu mehr als einer gelegentlichen Umarmung und einem Kuss bei den abendlichen Verabschiedungen war es nicht gekommen. Der leitende Arzt der Messner-Klinik, Doktor Cortelier, hatte die beiden vom Fenster seines Ordinationszimmers aus ein paar Mal beobachtet. Bei einer der Routineuntersuchungen hatte er zu Cornelia Biesinger gesagt: »Meine Kollegen sind ganz gegen diese Kurschattengeschichten, die es hier, wie in jeder Kur, manchmal gibt. Ich sehe das ein bisschen anders. Es gibt Fälle, wo diese Dinge einen heilsamen Charakter haben können und von mir medizinisch durchaus empfohlen werden.«

Cornelia war über und über rot geworden, hatte dann aber das Kreuz durchgedrückt und gesagt: »Mich können Sie damit ja wohl nicht meinen.«

Der Arzt hatte gelächelt. »Das müssen Sie selber wissen.«

Nun, unter dem Einfluss des Weines, erzählte sie Georg Lamparter von dem kurzen Gespräch, und der wunderte sich über sich selbst, als er sagte: »Na ja, wir sind zwei erwachsene Menschen, und jünger werden wir auch nicht.«

Da war auch schon die zweite Flasche leer, und sie beschlossen, sich ein Taxi zu rufen, weil Georg in seinem Zustand auf keinen Fall mehr fahren sollte.

Lamparter gab seine Adresse an, und Cornelia widersprach nicht, auch dann nicht, als das Taxi an ihrer Kurklinik vorbeifuhr bis ans Ende des Geländes, wo Georg Lamparter untergebracht war.

Es war schon fast Mitternacht. Unbemerkt schafften sie es in Georgs Zimmer, und als die Tür hinter ihnen zugefallen war, umarmten und küssten sie sich mit einer Leidenschaft wie nie zuvor in ihren gemeinsamen Tagen.

Eine halbe Stunde später ließ sich Georg Lamparter auf den Rücken fallen und sagte schwer atmend: »Es tut mir leid!«

»Wir schaffen es beide nicht.« Cornelia begann zu weinen.

»Nicht doch!« Er wischte die Tränen mit seinem Daumen von ihren Wangen. »Es ist ganz allein meine Schuld.«

»Schuld? Niemand ist schuld.« Sie richtete sich auf und fuhr mit beiden Händen durch ihre Haare. Er zog sie wieder zu sich herab und nahm sie fest in die Arme, und so blieben sie eine ganze Weile liegen, ohne sich zu rühren. Schließlich löste sich Cornelia von ihm, stand auf und zog sich an. Auch er schlüpfte wieder in seine Kleider, um sie in ihre Klinik zu begleiten.

Dicht nebeneinander gingen sie den Weg durch die weitläufigen Parkanlagen. Sie suchte seine Hand. Leise sagte sie: »Und ich hab mich so danach gesehnt.«

»Ja meinst du, ich nicht? Aber ...«, er räusperte sich, »wir sind ja noch jung.«

Das löste die Spannung. Cornelia lachte. »Du bist gut!«

Vor dem kleinen Seiteneingang der Messner-Klinik, der von kundigen Kurgästen genutzt wurde, wenn die Hauptpforte geschlossen war, blieben sie voreinander stehen. Georg fasste Cornelia um die Hüften, zog sie an sich, küsste sie und sagte: »Der Wein war schuld!«

Lächelnd gab sie zurück: »Dann wollen wir das mal glauben.«

7

Schon vor fünf Jahren hatte Albert Müllerschön auf der Südseite des Fabrikgebäudes einen etwa 70 Quadratmeter großen Anbau errichten und mit langen, groben Holztischen und Bänken ohne Lehne ausstatten lassen. An der Stirnseite standen eine schmucklose Theke, dahinter ein mächtiger Kühlschrank und ein Herd, auf dem man Essen warm machen konnte. In der Frühstückspause verzehrten die Mitarbeiter hier ihre mitgebrachten Brote. Mittags lieferte das Gasthaus *Zum Goldenen Ochsen* ein einfaches Menü. An der Längswand, der Fensterfront gegenüber, hing ein riesiges Foto, zwei auf drei Meter groß, eine Luftaufnahme des Industrieanwesens der Firma Müllerschön. Rechts und links daneben zeigten Bilder einige Mitarbeiter bei verschiedenen Arbeitsvorgängen. Frühstücks- und Mittagspause wurden durch einen wohlklingenden Gong angezeigt, ebenso deren Ende.

Beim Mittagessen gesellte sich Müllerschön selten dazu, aber bei der Frühstückspause war er meistens mit dabei.

So auch an diesem Dezembermorgen. Ganz selten nur nutzte er die Gelegenheit, um dem Personal Weisungen zu geben oder irgendeine Mitteilung zu machen. Aber heute stand er plötzlich auf und rief: »Alle mal herhören, auch die, die schwer hören!« Niemand wunderte sich über den Spruch, denn der Chef begann alle seine Ansagen so.

Langsam verstummten die Gespräche.

»Ich hab vor ein paar Tagen mit dem Georg Lamparter telefoniert, das heißt, genau genommen: er mit mir. Er war ziemlich in Sorge. Irgendeiner von euch muss ihm geschrieben haben, hier gebe es starke Veränderungen. Ich will nicht wissen, wer das war, aber ich will euch sagen, dass es keinen Anlass für irgendwelche Befürchtungen gibt. Dass der Herr Kühn ein paar gute Vorschläge gemacht hat, die wir jetzt auch umsetzen, heißt nicht, dass sich die Hierarchie in unserm Haus verändert hat oder verändern wird. Aber wann auch immer wir eine Idee von Herrn Kühn umsetzen, hat er bei der Fertigung eine gewisse Weisungsbefugnis, gell! Ich hoffe, wir haben uns verstanden.« Müllerschön hob ruckartig beide Schultern bis zu den Ohren und setzte sich wieder, um das Leberwurstbrot zu verspeisen, das ihm seine Frau am Morgen eingepackt hatte.

Severin Kühn, der an einem der langen Tische alleine saß, nicht weil sich keiner zu ihm setzen wollte, sondern weil er diese Art Isolation selbst gewählt hatte, sah sich um. Er hatte das Gefühl, alle Augen seien auf ihn gerichtet. Er senkte den Kopf und beschäftigte sich mit einer Konstruktionszeichnung, die neben seiner Teetasse lag.

Er war der Erste, der die Kantine verließ. Kaum war die Tür hinter ihm ins Schloss gefallen, sagte Fritz Gollwitzer zu Kevin Beck und Otto Knäblich: »Jetzt hent mir also en neua Chef!«

Knäblich hob beschwichtigend beide Hände. »So hat es der Herr Müllerschön nicht ausgedrückt.«

»Wirst schon sehen«, meldete sich Beck. »Aber von dem dahergelaufenen Ossi lass ich mir nix sage!«

Nach Feierabend stieg Severin Kühn die schmalen Stufen aus Gittereisen zum verglasten Chefbüro hinauf, klopfte und wartete, bis ihn Müllerschön durch die Scheibe hereinwinkte.

»Sie kommen wegen heut Morgen beim Frühstück, gell?«

Kühn nickte. »Ich hätte es gut gefunden, wenn Sie vorher mit mir geredet hätten.«

Müllerschöns Miene verfinsterte sich. »Also das müssen Sie schon mir überlassen, wie ich in so einem Fall vorgehe, gell.« Er setzte sich hinter seinen Schreibtisch und forderte Kühn auf, ebenfalls Platz zu nehmen.

»Jetzt sind Sie schon über einen Monat bei uns, und es ist Zeit, dass ich mal ein ernstes Wort mit Ihnen rede.« Kühn wollte etwas sagen, aber Müllerschön fuhr ihn an: »Lassen Sie mich ausreden, ja? Sie verhalten sich manchmal wie jemand, der sich für was Besonderes hält. Wenn Sie etwas erklären, hat das immer so … so … so etwas Schulmeisterliches.«

»Ich versteh nicht. Wie meinen Sie das?«

»Sie erklären nicht, Sie belehren, und das kommt bei unseren Leuten nicht gut an.«

»Ist das so?« Kühn schien sich zu wundern.

»Vielleicht liegt es daran, dass Sie Berliner sind und alles immer so direkt sagen müssen. Wir Schwaben sind da vorsichtiger, indirekter, wenn Sie so wollen. Wir sagen zum Beispiel: ›Dätscht du mir bitte den Hammer gebe?‹ Und Sie sagen: ›Den Hammer!‹ Im Befehlston, verstehen Sie? Und Sie werden verdammt schnell ungeduldig, wenn einer nicht sofort kapiert, was Sie ihm erklären wollen.«

Kühn dachte nicht daran, sich zu verteidigen. »Was stand denn nun in dem Brief an Herrn Lamparter?«

»Im Grunde genau das. Und ich will's ganz offen sagen: Da stand auch drin, die Leut' im Betrieb würden Sie am liebsten wieder loswerden.«

»Tja, wenn das so ist. Ich überlege sowieso, ob es Sinn macht hierzubleiben.«

»Jetzt no nix Narrets, wenn's pressiert«, verfiel Müllerschön in seinen Dialekt. »Deshalb schwätzt man ja miteinander, gell.«

»Und was soll dabei herauskommen?«

»Dass Sie drüber nachdenken, ob Sie Ihr Verhalten nicht ändern können. Ihre Arbeit ist für mich sehr wertvoll, Ihr … äh … Know-How sagt man ja neuerdings, gell. Die neuen Verbindungsstücke funktionieren toll. Man spart beim Auf- und Abbau der Gerüste eine Menge Zeit. Und die Idee mit diesen Tunneln zum Schutz der Fußgänger …«

»Passantenschutztunnel«, warf Kühn ein.

»Oder so, ja. Vor allem, dass wir die im Wesentlichen mit unseren Teilen aufbauen können, find ich großartig …«

Severin Kühn lehnte sich weit nach vorne. »Aber?«

Müllerschön war kein harmoniesüchtiger Mensch, aber Auseinandersetzungen ging er nach Möglichkeit aus dem Weg. Wenn freilich ein bestimmter Punkt erreicht war, konnte er sehr bestimmt, ja hart werden.

»Verstehen Sie mich nicht, oder wollen Sie mich nicht verstehen?«

Severin Kühn sah den Unternehmer nur weiter fragend an.

»Sie müssen Ihr Verhalten ändern.«

»Das könnt ich auch von den Kollegen verlangen …« Severin Kühn war weit davon entfernen, klein beizugeben. »Wie man in den Wald hineinschreit, hallt es heraus, heißt es im Sprichwort. Die Frage ist nur, wer hat zuerst hineingeschrien beziehungsweise: Hat überhaupt einer geschrien?«

»Wie meinen Sie das?«

»Bis jetzt hat noch keiner der Kollegen auch nur ein persönliches Wort an mich gerichtet, geschweige denn, dass mich einer mal auf ein Bier eingeladen hätte oder so. Ich bin von der ersten Sekunde an hier im Betrieb nur auf Ablehnung gestoßen.«

»Bei mir nicht!«

»Ich rede nicht von Ihnen.«

Müllerschön wurde nachdenklich. »Vielleicht lag es daran, wie ich Sie vorgestellt habe.«

Kühn nickte. »Könnte sein. Da waren zu viele Vorschusslorbeeren. Natürlich: Wir in Berlin waren technisch weiter als Sie hier. Ich selbst wurde jedes Jahr als Neuerer ausgezeichnet.«

»Neuerer?«

»So hießen bei uns die Erfinder. Man sprach sogar vom Neuererwesen. Wir alle waren aufgerufen, Vorschläge für Verbesserungen zu machen. Man konnte ›Messemeister von morgen‹ werden, was eine tolle Auszeichnung war. In vielen Betrieben gab es extra Neuererbüros. Eigentlich haben wir so etwas Ähnliches geschaffen wie Sie im Westen mit dem betrieblichen Vorschlagswesen. Aber da gingen halt auch alle Patente mit ein. Denken Sie daran, was Ihr Vater gesagt hat: Mit allem, was ich erfunden habe, wäre ich in der BRD vermutlich ein wohlhabender Mann geworden, bei uns blieb es bei einer Sonderprämie, und ansonsten hat der Staat profitiert.«

»Wollen Sie damit sagen, dass Sie bei mir unter Ihrem Wert behandelt werden?«

Severin Kühn schwieg. Müllerschöns Satz traf sein Empfinden ziemlich genau, aber das wollte er jetzt auf keinen Fall so sagen.

»Raus mit der Sprache!«, rief der Chef.

»Vielleicht sollten wir einmal ein Gespräch mit dem Betriebsrat führen. Ich bin gerne bereit, mein Verhalten zu ändern. Ob das auf Gegenseitigkeit beruht, muss man sehen.«

»Gut«, antwortete Müllerschön. »Anderes Thema!«

Kühn sah überrascht auf. Was kam jetzt noch?

»Sie sind ja ein glänzender Trompetenspieler …«

Severin wollte widersprechen, aber Müllerschön ließ ihn nicht dazu kommen. »Ich hab's doch selber gehört, gell, wie ich in Berlin war. Und man hat mir ja auch schon vorher drüben im Betrieb davon erzählt.«

»Ja, und?«

»Heimeringen hat eine Musikkapelle, wie jeder Ort hier, der was auf sich hält. Jetzt hat der Dirigent gekündigt. Ende Mai hört er auf.«

»Tut mir leid, aber ich mag ganz ordentlich spielen, dirigiert habe ich nur aushilfsweise ein paar Mal, und das war nicht grade ein Erfolgserlebnis.«

»Es wär nur für eine Übergangszeit.«

Severin Kühn schüttelte den Kopf. »Das geht auf keinen Fall.«

»Aber als Solotrompeter …?«

»Nein. Ich bin doch hier noch nicht einmal angekommen.«

»Würde Ihnen das Ankommen aber bestimmt erleichtern, gell.«

Severin Kühn stand auf. »War's das, Herr Müllerschön?«

Der Unternehmer seufzte. »Erst mal ja!«

Das Gespräch hatte am Freitagabend stattgefunden. Samstags wurde, wegen der guten Auftragslage, in der Firma Müllerschön bis 14 Uhr gearbeitet. Im Hof der Fabrik stand ein riesiger Tieflader. Fast die halbe Mannschaft war damit beschäftigt, Gerüstgestänge und Laufbretter zu verladen. Eine große Baufirma in Stuttgart hatte die Lieferung geordert.

Kurz nach 12 Uhr rollte der Lastwagen vom Hof. Müllerschön trat zwischen seine Mitarbeiter, klatschte in die Hände und verkündete: »So, Leute, mal herhören, auch alle, die schwer hören!« Seine Männer versammelten sich um ihn. »Wir machen Schluss für heute. Bei voller Bezahlung und ich gebe eine Runde aus. Jeder nimmt sich, was er trinken möchte.«

Gut 20 Arbeiter strömten in die Kantine. Einige wenige verabschiedeten sich mit der Begründung, sie hätten zu Hause so viel zu tun, dass ihnen die zusätzliche Zeit gerade recht komme. Müllerschön trat zu Severin Kühn. »Kommen Sie!«

»Ich wollte eigentlich …«

»Jetzt keine Ausflüchte!« Der kleine, dicke Mann fasste Kühn resolut am Ellbogen und zog ihn mit sich. Auf dem Weg zur Kantine bat er die Kollegen Karl Schmied und Kevin Beck mitzukommen. Sie setzten sich an einen Tisch und Beck holte, nachdem jeder seine Bestellung genannt hatte, die gewünschten Getränke.

»Sie wissen ja, der Herr Schmied ist unser Betriebsratsvorsitzender, und der Beck ist sein Stellvertreter«, sagte Müllerschön.

Severin Kühn nickte und nahm sein Apfelschorle mit einem knappen »Danke« entgegen.

Müllerschön fuhr fort: »Der Herr Kühn hat den Vorschlag gemacht, ein Gespräch mit euch vom Betriebsrat zu führen.«

»Aha? Und um was geht's?«, fragte Schmied.

Müllerschön forderte Kühn mit einer Geste auf, er solle reden.

Der nahm zuerst einen Schluck aus seinem Glas und sagte dann: »Offenbar sind Sie mit unserer Zusammenarbeit nicht zufrieden. Ich sei zu nassforsch, meint der Chef.«

»Ich hab's zwar anders ausgedrückt, aber gemeint hab ich so was in der Art«, warf Müllerschön ein.

»Die Frage wäre ja erst mal, welche Funktion haben Sie hier Ihrer Meinung nach?«, sagte Kevin Beck. »Sind Sie unser Vorgesetzter?«

»Nein!«

»Aber Sie führen sich so auf.«

»Tut mir leid. Den *VEB Gerüstbau* in Berlin hab ich geleitet. Mag sein, dass ich es mir noch nicht abgewöhnt habe zu sagen, wo's langgeht.«

Beck stand auf. »Ich hol mir noch ein Bier. Sonst noch jemand was?«

Alle drei schüttelten den Kopf.

Severin Kühn sah dem jungen Kollegen nach. Es entging ihm nicht, dass an den Tischen, wo er vorbeikam, kurze aufmunternde Worte fielen und manche der Arbeiter den Daumen hoben. Das brachte Kühn dazu zu sagen: »Wenn sich so eine Meinung mal festgesetzt hat, ist es schwer, dagegen anzukommen.«

»Stimmt!«, sagte Schmied.

»Aber versuchen müsst ihr's!«, meldete sich wieder der Fabrikant.

»Man kann die Leut zu nix zwingen«, gab Schmied zurück.

Müllerschön wurde wütend. »Ich schon, wenn's drauf ankommt!«

Schmied schüttelte den Kopf. »Bei der Arbeit natürlich, aber wenn's um die Meinung der Leut geht …« Er ließ den Satz in der Luft hängen.

»Also ich werde mich bemühen, meinen Ton zu ändern«, meinte Kühn versöhnlich.

»Das wär ja immerhin ein Anfang«, gab Schmied zurück.

Severin Kühn stand auf. »Danke für das Gespräch!« Er verließ mit schnellen Schritten die Kantine.

Kevin Beck lachte kurz auf. »Der ist so stur, der könnt' glatt a Schwob sei!«

Auch Müllerschön erhob sich. »Ich erwarte von euch, dass ihr euch a bissle Mühe gebt, gell!«

8

Die elfte Klasse des Heinrich-Heine-Gymnasiums war schon seit drei Tagen in Berlin und hatte das übliche Programm für Klassenfahrten in die Hauptstadt absolviert. Die 20 Schülerinnen und Schüler waren im Reichstagsgebäude gewesen, hatten die ehemalige Stasi-Zentrale in der Normannenstraße, die Ausstellung *Topographie des Terrors* und den Martin-Gropius-Bau besucht. Sie waren am Checkpoint Charlie gewesen und im *Wachsfigurenkabinett der Madame Tussauds*. Im *Berliner Ensemble* hatten sie eine Aufführung von Bertolt Brechts *Mutter Courage* gesehen, und sie hatten einen Ausflug in die Bernauer Straße gemacht, um dort die Reste der Berliner Mauer zu besichtigen. Der letzte Tag nun stand zur freien Verfügung. Sandra Kühn hatte sich vorgenommen, in die Odersberger Straße zu fahren und die Wohnung wiederzufinden, in der sie als Kind gelebt hatte. Zur Sicherheit hatte sie sich die Anschrift aufgeschrieben, aber als sie vor dem

Haus ankam, unter dessen abbröckelndem Verputz an vielen Stellen die Backsteine hervortraten, erkannte sie es sofort wieder. Sie studierte die Klingelleiste. Da stand es: Severin Kühn. Sandra atmete ein paar Mal tief durch. Sie spürte, wie ihr Herz klopfte, und als sie auf den Klingelknopf drückte, bemerkte sie, dass ihre Hand schweißnass war. Keine Antwort. Ihr Herzschlag wurde ruhiger. Sollte sie es bei einem anderen Hausbewohner versuchen? Sie las noch einmal die Namen an den Klingelschildern, aber keiner kam ihr bekannt vor. In diesem Augenblick hörte sie hinter sich eine männliche Stimme: »Keiner zu Hause?«

Sie drehte sich um und sah in das Gesicht eines jungen Postboten, der einen zweirädrigen, luftbereiften Wagen vor sich herschob.

»Ich hab hier mal gewohnt«, sagte sie stockend. »Aber das ist lange her.«

»Und jetzt willste deine früheren Nachbarn besuchen?«

»Nein. Eigentlich meinen Vater.«

»Aha, und wie heißt der?«

»Severin Kühn.«

»Der hat 'ne Tochter?«

»Meine Mutter und ich sind schon 1986 in den Westen gegangen.«

»Ach so. Na dann! Ich hab den Bezirk erst nach der Wende übernommen. Ihr Vater ist vorübergehend verzogen. Er hat einen Nachsendeantrag gestellt.« Der Briefträger zog ein Blöckchen aus der Brusttasche seiner Regenjacke und blätterte darin herum. »Willste die Adresse haben?«

»Ja, gerne.« Während der Postbote die Anschrift aufschrieb, den Zettel abriss und Sandra reichte, fragte sie: »Was heißt ›vorübergehend verzogen‹?«

»Wenn ich ihn recht verstanden habe, hat er einen Job im Westen gefunden, aber er war sich nicht sicher, ob was daraus würde.«

»Ach so.« Sie wedelte mit dem Zettel. »Danke!«

»Keine Ursache.« Der Postbote begann damit, Briefe in die Kästen zu stecken, während sich Sandra auf den Weg zur U-Bahn machte, die hier als Hochbahn über der Schönhauser Allee entlangfuhr.

9

Severin Kühn hatte seine Trompete noch nicht ausge-
packt, seitdem er in Heimeringen angekommen war. An
diesem Sonntagnachmittag aber, es war der vierte Advent,
nahm er sie aus dem Instrumentenkasten, probierte mit
den Fingern das Spiel der Ventile und setzte das Mundstück auf. Aber noch wohnte er im Gasthof *Zum Goldenen Ochsen* und es wäre unmöglich gewesen zu üben,
ohne auf sich aufmerksam zu machen. Er sah aus dem
Fenster seines schmalen Hotelzimmers. Das Wetter war
ruhig. Hinter einem dünnen Hochnebel war die Sonne
als Schemen zu erkennen. Vielleicht würde sie sich im
Lauf des Tages noch durchsetzen. Der erste Schnee war
inzwischen wieder geschmolzen. Kühn schlüpfte in seine
Jacke und verließ mit dem Instrument das Gasthaus. Die
Luft war kühl und klar. Die Pfützen auf der Straße waren
mit einer dünnen Eisschicht überzogen.

Zu Fuß machte er sich auf den Weg hinauf zu einer
kegelartigen Erhebung, die man im Dorf den »Schin-

derbuckel« nannte. Dort oben drehten sich drei Windräder gemächlich im sanften Wind. Nicht weit davon
stand eine Bank. Als er sie erreichte, sah er, dass auf der
abgewandten Seite des kegelförmigen Berges eine Schafherde graste, die sich langsam bergauf bewegte. Im Osten
zerriss die Nebelfläche, und ein Stück blauer Himmel
blitzte auf.

Kühn wischte die letzten Schneereste von der Bank
und nahm seine Trompete aus dem Kasten. Lange blieb
er fast unbeweglich sitzen und schaute auf Heimeringen hinab. Nach einer Weile schüttelte er den Kopf
und sagte leise vor sich hin: »Nein, heimisch werde ich
in Heimeringen nie.« Erst als er den Satz ausgespro-
chen hatte, fiel ihm auf, dass es ein Wortspiel war. Ein
Lächeln huschte über sein Gesicht. Er hob die Trompete an die Lippen und begann zu blasen. Wie oft hatte
er sich an diesem Stück versucht – dem Solo aus dem
ersten Satz aus dem Trompetenkonzert in D-Dur von
Leopold Mozart, Wolfgang Amadeus' Vater? Aber er
war stets daran gescheitert. Zu seiner großen Überraschung gelang es ihm diesmal auf Anhieb, obwohl er es
doch so lange nicht geübt hatte. Verwundert setzte er
das Instrument ab und sah es an, als ob es an der Trompete gelegen hätte, dass er fehlerfrei durch die ganze
Melodie gekommen war. Er hob das Instrument wieder an die Lippen und spielte eines seiner Lieblingsstü-
cke. Das Lied aus dem Trompeter von Säckingen: *Behüt
dich Gott, es wär so schön gewesen, behüt dich Gott, es
hat nicht sollen sein.*

Die ersten Schafe erreichten die Höhe des Schinderbuckels und näherten sich dem Trompetenspieler. Sie
schienen neugierig zu sein und blieben dicht bei der Bank
stehen. Andere folgten. Immer mehr Tiere scharten sich
im Kreis um den Musikanten. Die Hütehunde, die die
Herde umkreisten, hörten auf zu bellen, setzten sich und
legten ihre Köpfe schief. Und schließlich erschien der
Schäfer, ein hagerer, hoch gewachsener Mann in einer
langen Kutte und mit einem Filzhut auf dem Kopf. In
den Händen hielt er eine Stange mit einer kleinen Schau-
fel am unteren Ende. Mitten zwischen seinen Tieren
blieb er stehen, stützte sich auf seinen Hirtenstab und
neigte den Kopf zur Seite, ganz ähnlich wie seine Hunde.

»Schön«, sagte er, als Severin Kühn sein Spiel beendet hatte. Er bahnte sich einen Weg durch die eng ste-
henden Tiere und setzte sich neben Kühn. »Sieht so aus,
als mögen meine Schafe Ihre Musik.«

»Ja«, sagte Severin Kühn, »scheint mir auch so.«

»Spielen Sie doch noch eins«, sagte der Schäfer.

»Kennen Sie *Il Silencio*?«

»Nein, ich kenn überhaupt nicht viel.«

Kühn begann, wieder zu blasen. Weit schallten die
lang gezogenen, glasklaren Töne über die Hochebene
und, wie er später erfahren sollte, auch bis hinab ins Tal
zu den Häusern der Heimeringer. Die Schafe, die begonnen hatten, sich zu zerstreuen, kehrten um und versammelten sich wieder um die Bank. Als Kühn das Stück
beendet hatte, sagte er mit dem Blick auf die Herde:
»Ein wirklich gutes Publikum!«

»Die Melodie hab ich natürlich schon mal gehört«, sagte der Schäfer, »schon öfter sogar, aber ich habe nicht gewusst, wie sie heißt.«

Langsam löste sich die Versammlung der Schafe auf. Grasend zogen die Tiere in verschiedene Richtungen weiter. Die Hunde waren aufgesprungen, um die Herde zusammenzuhalten.

»Wie lange machen Sie das schon?«, fragte Severin Kühn.

»Schäfer bin ich, seit ich 16 war.« Er lachte. »Ganz gegen den Willen meiner Mutter, die mich und meine Schwester alleine aufgezogen hat. ›Du machst dich zum Sklaven deiner Tiere‹, hat sie gesagt, und natürlich hat sie recht gehabt. Bis vor anderthalb Jahren habe ich 365 Tage im Jahr gearbeitet, hab kein freies Wochenende und keinen Urlaub gehabt.«

»Und seitdem?«

»Inzwischen lebt auch meine Schwester hier. Manchmal vertritt sie mich. Sie kann mit den Schafen genauso gut umgehen wie ich. Vielleicht haben Sie schon mal von ihr gehört. Im Dorf nennt man sie die *Kräutergretel*.«

Kühn schüttelte den Kopf. »Ich komme nicht unter Leute.«

Der andere lachte. »Und dabei sind Sie doch gar kein Schäfer.«

»Nein, aber ich bin erst kürzlich aus Berlin gekommen. Aus Ostberlin, um genau zu sein.«

»Ach du lieber Schieber«, rief der Hirte. »Arbeiten Sie bei Müllerschön?«

»Ja, wie kommen Sie drauf?«

»Gibt ja sonst kaum eine andere Möglichkeit.« Der Schäfer stand auf. »Ich muss die Herde in den Pferch treiben.«

»Bleiben die denn den ganzen Winter draußen?«, fragte Severin Kühn.

»Nur solang es so mild ist wie dieses Jahr. Sonst werden sie auf drei Mietställe verteilt.«

»Wohnen Sie auch in Heimeringen?«, fragte Kühn.

»Nein, ich hab ja meinen Schäferwagen. Und ich ziehe auch im Winter nicht um.«

Auch Severin Kühn stand auf. »Ich komm ein Stück mit, wenn's recht ist.«

»Ja, gerne.« Der Schäfer schob zwei Finger in den Mund und stieß einen gellenden Pfiff aus. Dann rief er laut: »Nach Hause!«

Eines der größten Schafe setzte sich an die Spitze der Herde. Der Hirte deutete mit seinem langen Stock auf das Tier. »Das ist Hermine, mein Leitschaf. Eine richtige Karrierefrau! Sie hat in der Herde eine besondere Rolle und wird von allen respektiert. Wenn sie stehen bleibt, gehen auch die anderen nicht weiter. Da traut sich kein anderes Tier an ihr vorbei. Hermine ist sozusagen das Bindeglied zwischen den Schafen und mir, dem obersten Chef der Herde. Ich darf's mir mit ihr nicht verscherzen. Wir müssen Freunde sein, und das ohne Bestechung durch Leckerli oder so.«

»Und die Hunde?«

»Die sorgen dafür, dass kein Tier zurückbleibt.

Manchmal muss ich da ein bisschen nachhelfen.« Wie um es zu beweisen, stieß er das Schäufelchen am Ende des langen Hirtenstabs in die Erde, grub einen Grasbrocken aus, holte mit dem Stab weit aus und warf sein Geschoss punktgenau zu einem Tier, das sich ein Stück von der Herde entfernt hatte. Der Erdbrocken traf das Schaf in die Flanke, es machte einen Satz und beeilte sich, Anschluss an die anderen zu finden.

»Wenn Sie Zeit haben, lad ich Sie auf eine Schäfermahlzeit ein«, sagte der Hirte.

»Ja, gern.«

»Gut so«, sagte der andere. »Ein Schwabe hätte jetzt gesagt: ›Aber nur, wenn ich mich irgendwann einmal revanchieren kann.‹ Schwaben müssen sich immer revanchieren, sie wollen in niemandes Schuld geraten.«

Die Schafe zogen willig in ihren Pferch. Der Schäfer schloss das Gattertor und ging voraus zu dem Schäferwagen, der auf einer kleinen Anhöhe stand. Über eine einfache Holztreppe mit vier Stufen ging es zu einer schmalen Tür hinauf, die ins Innere führte.

Die Behausung des Hirten war spartanisch und dennoch gemütlich eingerichtet und wirkte innen viel größer als von außen. Eine breite Bank, auf der ein Polster lag, das von einer rot-schwarz karierten Wolldecke überdeckt war, diente als Sitzplatz und wohl zur Nacht als Bett für den Schäfer. Davor standen ein massiver Holztisch und ein Schaukelstuhl, der mit einem Schaffell ausgelegt war. Auf dem Tisch entdeckte Kühn einen Adventskranz. Drei Lichter waren schon weit heruntergebrannt. Mit langsamen, fast feierlichen Bewegungen zündete der Hausherr nun alle vier Lichter an. Von draußen hörte man wie von Ferne leise die Glocken, die einige der Schafe um den Hals trugen.

Severin Kühn betrachtete das Gesicht seines Gastgebers im Schein des Kerzenlichts. Die Haut war sehr dunkel, wettergegerbt sagte man wohl dazu. Zwei dünne Falten zogen sich von den Augenwinkeln bis hinab zum Kinn. Die Augen waren Severin wegen ihrer ungewöhnlichen Farbe schon zuvor aufgefallen, sie glichen hellgrauen Kieseln. Kühn schätzte seinen Gastgeber auf Mitte 40.

An der Stirnseite gegenüber dem Eingang befand sich eine kleine Küche. Über der Liege zogen sich zwei Bücherbretter gut zwei Meter hin, auf denen fein geordnet mindestens 100 Bände standen.

Der Hausherr zog seine Kutte über den Kopf und kniete vor einem Ofen nieder, dessen Rohr geradewegs durch das Dach nach draußen führte. »Ich hab mich noch gar nicht vorgestellt«, sagte er von unten herauf. »Olaf Petersen mein Name. Du kannst einfach Ole zu mir sagen.«

»Gut. Ich heiße Severin.«

Das Feuer hatte Petersen schon vorbereitet, sodass er nur ein Streichholz an den untersten Papierknäuel halten musste, und schon sprangen die Flammen hoch in das kunstvoll geschichtete, dünne Anfeuerholz. Kurz darauf begannen auch die großen Scheite knisternd zu brennen.

Die Schäfermahlzeit entpuppte sich als riesiges Vesperbrett mit verschiedenen Wurst- und Specksorten, Käse, dunklem Bauernbrot und einer Flasche Schnaps mit zwei Gläsern.

»Du bist auch nicht von hier, nicht wahr?«, fragte Severin.

»Nein. Ich stamme aus der Gegend um Hannover, aber da wurde es immer schwieriger mit den Weiden. Ich bin dann Anfang der 80er-Jahre hierhergekommen, zuerst als Lohnschäfer. Später, als immer mehr Bauern ihre Herden verkaufen wollten, habe ich all mein Geld zusammengekratzt, einen Kredit aufgenommen und die ersten Schafe gekauft. Zuerst waren es nur ein paar Dutzend, aber jetzt sind es schon über 600, und mehr dürfen es auch nicht werden.«

»Und davon kann man leben?«

»Hier im Schwabenland gar nicht so schlecht. Das Landwirtschaftsministerium unterstützt uns. Da gibt es einen Mann, der begriffen hat, dass wir ja für den Landschaftsschutz ganz wesentlich sind, ich meine natürlich unsere Schafe. Sie grasen auch im unwegsamen Gelände, schützen den Boden vor Erosion, düngen ihn und sorgen so dafür, dass er fruchtbar bleibt.«

»Klingt wie aus einem Vortrag.«

»Ist auch aus einem Vortrag, den ich vor zwei Jahren in Stuttgart halten durfte. Dieser Ministerialdirektor Schwarz war dabei, hat aufmerksam zugehört und seine Schlüsse daraus gezogen. Er hat dann dieses Fördergesetz auf den Weg gebracht.«

»Dann bist du also auch Politiker.«

Der Schäfer lachte, es klang wie ein dunkles Grollen, das er tief aus seiner Brust holte und das, je länger es dauerte, immer heller wurde. »Von mir aus. Meine Kollegen haben mich ja auch prompt zu ihrem Sprecher gewählt. Ich mach das gern, weil es mir wichtig ist.«

»Respekt!« Severin Kühn leerte sein Schnapsglas und hielt es Ole entgegen, damit er es noch einmal füllen konnte.

Petersen fuhr mit den gespreizten Händen durch sein dicht gelocktes schwarzes Haar. »Auf der Insel Pellworm lebt aber noch ein clevererer Kollege. Der hat doch tatsächlich für seine Schafherden die europäische Förderung für Bergbauern geholt.«

»Was hat der?«

»Wenn ich's dir sage: Diese Förderung gibt es, wenn die Herden an besonders steilen Hängen stehen. Frag mich nicht, wie viel Grad die Steigung haben muss, aber die gibt es halt nur in den Alpen und in den Pyrenäen.«

»Aber doch ganz bestimmt nicht auf Pellworm. Das ist eine Halliginsel irgendwo vor Husum, wenn ich's recht weiß.«

»Ja, stimmt. Aber die Deiche sind genau so steil wie die Alpenhänge, nur halt der Länge nach!«

Den dritten Schnaps akzeptierte Severin Kühn noch, sagte aber gleich, dass dies sein letzter sei. »Ihr Schäfer lebt doch nicht nur von der staatlichen Unterstützung?«, nahm er den Faden wieder auf.

»Nein, natürlich nicht, sondern auch vom Fleisch und von der Wolle der Tiere, nur sind die Preise zu niedrig.«

Severin Kühn hätte seinen Gastgeber gerne gefragt, wie er sonst so lebe, ob er verheiratet sei, vielleicht Kinder habe oder wenigstens eine Freundin. Er hätte schon deshalb gerne darüber gesprochen, weil er den Drang in sich spürte, seine eigene Geschichte zu erzählen. Aber es ergab sich nicht, wenigstens an diesem Abend noch nicht.

Er bedankte sich für das wunderbare Essen, griff nach seinem Instrumentenkoffer und schickte sich an, den Schäferkarren zu verlassen.

»Was machste denn Weihnachten?«, fragte Petersen, als er für seinen Gast die Tür öffnete.

»Hab ich noch nicht drüber nachgedacht. Wahrscheinlich krieche ich ins Bett und zieh die Decke über den Kopf. Das Alleinsein hat mir eigentlich nie viel ausgemacht, aber an Heiligabend und an Silvester – da halt ich's nicht so gut aus.«

»Komm doch zu uns!«

»Zu uns?«

»Zu meiner Schwester und mir. Sie macht Weihnachten und Silvester immer den *Lumpensammler*.«

»Und was ist das?«

»Na ja, jeder, der allein ist, kann kommen. Manchmal waren wir nur zu zweit, aber es sind auch schon mal ein gutes Dutzend Leute da gewesen.«

»Danke, ich überleg's mir. Wo wohnt sie denn?«

»Johannesgasse 1, letztes Haus an dem Sträßchen nach Untersberg.« Petersen schloss die Tür hinter seinem Gast, und Severin Kühn machte sich auf den Nachhauseweg. Er musste über den Rücken des Schinderbuckels zurück. Der Wind hatte aufgefrischt. Wolkenfetzen jagten über den Himmel an einem fast vollen Mond vorbei, der groß und gelb der Erde ganz nahe erschien. Schon öfter war Kühn aufgefallen, dass der Sternenhimmel hier viel näher war als über Berlin. Es musste an der Luft liegen, deren Klarheit durch nichts getrübt wurde, ganz anders als über einer großen Stadt. Dazu kam, dass es in den Städten wegen der Straßenbeleuchtungen niemals richtig dunkel wurde.

Severin Kühn erreichte die Bank, auf der er vor ein paar Stunden mit seiner Trompete für Petersens Schafherde gespielt hatte. Einen Augenblick setzte er sich trotz der Kälte und sah auf Heimeringen hinab. Nur wenige Lichter brannten hinter den Fenstern, und er sah, wie das eine und andere erlosch. Man konnte sich in so einer Gemeinschaft wohl heimisch und geborgen fühlen, aber man war halt auch weit weg von der Welt. Kirchenglocken klangen zu ihm herauf, erst schlug eine vier Mal in einem hellen, hohen Ton, dann, nach einer kurzen Pause, antwortete eine zweite, eine Oktave tiefer, elf Mal.

Die Nacht war so hell, dass er seinen Weg problemlos fand. Aber er ging nicht gleich zu seinem Quartier im *Goldenen Ochsen*, sondern durchquerte den Ort und marschierte einen Weg dem Bach entlang, der nach etwa 400 Metern in die Johannesgasse mündete. Nur auf der rechten Seite standen in immer größer werdenden Abständen Häuser, die meisten gut 20 Meter zurückgesetzt von der Straße in einem Garten. Links floss der Bach träge dahin. Manchmal spiegelte sich das immer wieder aufblitzende Mondlicht darin. Nur vereinzelte Straßenlaternen spendeten ein gelbliches Licht. Die Hausnummern zählten von oben nach unten. Nach der Zwei schien die Bebauung zu Ende zu sein. Lichtes Gebüsch, dessen blattlose Zweige wie Bleistiftstriche im hellen Abendlicht aussahen, zog sich rechts des Weges entlang. Severin Kühn wollte schon wieder umkehren, entdeckte dann aber das Häuschen mit der schwach beleuchteten Nummer eins an dem holzverschalten Giebel. Am Gartenzaun blieb er stehen.

Überrascht hörte er eine Frauenstimmer, die leise sang: »Es war ein König in Thule, gar treu bis an das Grab, dem sterbend seine Buhle einen gold'nen Becher gab.«

Ohne nachzudenken sang Severin weiter: »Es ging ihm nichts darüber, er leert ihn jeden Schmaus, die Augen gingen ihm über …«

»He, he, he«, rief die Frau. »Wer ist da?«

Jetzt sah er sie, zuerst nur einen Schatten, dann eine Silhouette. Sie erhob sich hinter einem Busch und zog offensichtlich die Hosen hoch. Für einen Augenblick glänzte ihr nackter Po und erinnerte an den fast vollen Mond über Heimeringen.

»Tut mir leid«, rief Kühn. »Ich wollte Sie nicht stören.«

Die Frau kam an den Zaun. »Wer sind Sie, verdammt noch mal?«

»Severin Kühn. Ich komme grade von Ihrem Bruder.«

»Hä?«

»Ich erklär's Ihnen gleich.«

Stattdessen erklärte sie: »Zum Pinkeln geh ich immer in den Garten.«

»Aha.« Etwas Besseres fiel ihm dazu nicht ein. Die Situation wirkte völlig irreal auf ihn.

Der Blick der Frau fiel auf den Trompetenkoffer in Severin Kühns Hand. »Haben Sie so heute Nachmittag irgendwann Trompete gespielt – ›Behüt dich Gott, es wär so schön gewesen …‹«

»Hat man das bis hierher gehört?«

»Gut sogar. Klang ganz schön.«

»Danke! Ich geh dann weiter«, sagte er.

»Wohin denn?«, fragte sie.

»In den *Goldenen Ochsen*.«

»Ach, dann sind Sie wohl dieser Ossi!«

»Ja«, sagte Kühn. »Ich bin dieser Ossi. Ich schau dann vielleicht mal bei Tag vorbei.«

»Machen Sie das! Aber ich muss Sie warnen: Ich pinkle auch tagsüber im Freien, allerdings hinter dem Haus!« Sie wandte sich ab und ging zurück.

»Gute Nacht!«, rief ihr Severin hinterher.

»Gute Nacht!«, echote sie und schloss die Tür hinter sich.

Severin Kühn ging durch die Johannesgasse zurück und sang leise vor sich hin.

»Es ging ihm nichts darüber, er leert ihn jeden Schmaus, die Augen gingen ihm über, so oft er trank daraus ...«

Er war in Berlin nur ins Theater gegangen, wenn den Betriebsmitgliedern vom Kulturwerk des *Gewerkschaftsbunds FDGB* Freikarten zugeteilt worden waren. Und so war er auch einmal in eine Aufführung von Goethes Faust ins *Brechttheater* geraten. Das Lied, das Gretchen beim Zubettgehen sang, war ihm nie mehr aus dem Kopf gegangen. Er hatte es oft und oft aus dem Gedächtnis auf seiner Trompete nachgespielt und dabei immer den Text im Geiste mitgesungen. Er würde die Zeilen nie vergessen, dachte er, und wenn er 100 Jahre alt werden sollte.

Irgendwann hatte er erfahren, dass die Melodie von Franz Schubert stammte und er sich ohne Mühe die Noten hätte beschaffen können. Der Professor, der ihm einst das Trompetenspiel beigebracht hatte, ein Musiker aus dem Rundfunksinfonieorchester Berlin, den er noch manchmal, wenn auch immer seltener, traf, hatte ihm erklärt, Schubert habe viele Goethegedichte vertont, was den Dichter freilich kaltgelassen habe, denn er habe zuerst abweisend und dann gar nicht mehr reagiert. Severin Kühn hatte diese Haltung Goethes traurig gemacht.

10

Als der Arzt Georg Lamparter fragte, ob er denn damit einverstanden sei, die Kur um 14 Tage zu verlängern, stimmt der zu. Die Entscheidung war ihm leichter gefallen, weil ihn just an jenem Tag Albert Müllerschön besucht und ihm kräftig zugeredet hatte. Gemeinsam hatten Sie einen langen Spaziergang über den Bodanrück gemacht und danach in dem gemütlichen Café in Radolfzell gesessen.

»Du weißt ja, ich hab den Mann eingestellt, der die Fima in Ostberlin geleitet hat«, sagte der Fabrikant.

»Und der macht jetzt meine Arbeit?«

»Nein, die macht Knäblich, und gar nicht mal so schlecht. Und bei jeder Entscheidung fragt er sich, wie hätte der Lamparter das gemacht? Wir beide, also der Knäblich und ich, sind uns da bis jetzt immer einig geworden, gell.«

»Das freut mich«, sagte Lamparter. »Und der Neue …?«

»Macht sich gut. Er hat ein paar Verbesserungen vorgeschlagen, die wir umgesetzt haben, und es gibt noch ein paar mehr, die wir umsetzen werden.«

»Er bleibt also?«

»Ich hab dir ja gesagt, dass ich dir einen Mann zur Seite stellen will, damit du's in Zukunft leichter hast. Knäblich hört im nächsten Juni auf, gell.«

Lamparter sagte nichts dazu. Er sah auf seine Hände hinab, die verschränkt auf dem Tisch lagen.

»Du bleibst der Betriebsleiter, das ist ja klar!«, schob der Chef nach.

»Wollen wir's hoffen!«

»Vertraust du mir nicht?«

»Wenn der neue Mann wirklich so gut ist …«

Müllerschön unterbrach ihn: »Mach dir mal keine Sorgen, Georg, dafür gibt es überhaupt keinen Anlass. – Und jetzt sag mal, warum rät der Doktor zu einer Verlängerung deiner Kur?«

Lamparter war nicht der Mann, sich mit Notlügen herauszureden. »Es hat einen kleinen Rückfall gegeben. Ich hab gedacht, nach so langer Zeit ganz ohne Alkohol ist es kein Problem, wenn ich mal ein Gläschen trinke …«

»Und? Hast du danach die Kurve wieder gekriegt?«

»Mühsam. Es ist halt nicht so einfach …« Lamparter räusperte sich. Er hob seine Hände vom Tisch, ballte sie zu Fäusten und drückte sie von beiden Seiten gegen seine Stirn.

»Was ist denn passiert?«, fragte sein Chef.

»Da war eine Frau …«, wieder redete er nicht weiter.

»Ach so. Verstehe!«

»Es war irgendwie ernst, für mich wenigstens. Aber seit acht Tagen ist sie weg, und seitdem hab ich nichts mehr von ihr gehört.«

»Sie wird sich schon noch melden.«

»Glaub ich nicht.«

Müllerschön fühlte sich unbehaglich. Eigentlich wollte er die Beichte seines Mitarbeiters nicht hören. Deshalb wechselte er das Thema: »Was machst du denn Weihnachten?«

»Weiß ich noch nicht.«

»Komm doch zu uns. Marianne bäckt einen wunderbaren Christstollen und macht das beste Schnitzbrot der Welt.«

»Danke«, sagte Lamparter. »Ich überleg's mir.«

In den nächsten Tagen bereute Georg Lamparter immer wieder seinen Entschluss, die Kur zu verlängern. Er schwänzte die Frühgymnastik, nahm zunehmend lustlos an den Turnstunden teil und kämpfte nachts mit Schlafstörungen. Cornelia meldete sich nicht. Am 21. Dezember endlich nahm er den Schlussbericht des Arztes entgegen und verließ gegen 11 Uhr das Kurgelände. Immerhin: Getrunken hatte er in diesen zwei Wochen keinen Tropfen Alkohol mehr.

Am frühen Nachmittag traf er in Heimeringen ein. Er fuhr zuerst zu den Müllerschön-Werken, drehte aber kurz vor der Einfahrt um und nahm den Weg zu seinem

Haus an der Bergsteige. Er schloss die Haustür auf und hatte Mühe, sie zu öffnen. Hinter der Tür stapelte sich die Post von sechs Wochen, die der Briefträger durch den Schlitz in der Tür geworfen hatte. Lamparter hatte vergessen, einen Postlagerantrag zu stellen.

Es war kalt im ganzen Haus. Lamparter stieg in den Keller hinab und warf den Heizkessel an. Erst jetzt machte er sich Gedanken darüber, dass die Wasserleitung hätte einfrieren können, wenn die Temperaturen tiefer gesunken wären. Er machte Feuer im Küchenherd und setzte sich mit der Post auf einen Stuhl direkt davor. Werbung, Zeitschriften, ein paar Weihnachtsgrüße warf er achtlos ins Herdfeuer. Einen Luftpostbrief seiner Tochter aus Amerika legte er zur Seite. Sein Sohn, der in Australien lebte, schrieb nie, aber er rief einmal im Monat an.

Und dann hatte er ein blaues Kuvert in der Hand, drehte es und las auf der Rückseite in einer akkuraten, zierlichen Schrift den Namen Cornelia Biesinger. Er fühlte, wie sich sein Herzschlag beschleunigte. Ein paar Minuten blieb er reglos sitzen. Schließlich nahm er ein kleines Obstmesser aus der Schublade des Küchenbuffets und schlitzte das Kuvert auf. »*Mein lieber Georg*«, stand da, »*jetzt sind schon so viele Tage vergangen, und es gab keinen einzigen, an dem ich nicht an dich gedacht habe. Aber ich habe mich immer gefragt: Steht mir das überhaupt zu? Es war so schön mit dir, aber den Mut, das fortzusetzen, habe ich nicht. Vielleicht bin ich schon zu lange allein und fürchte mich deshalb* vor einer neuen Bindung. Und dir geht es möglicherweise genauso. Sonst geht es mir gut. Die Kur hat mir körperlich sehr geholfen. Vielleicht meldest du dich mal. Ich wünsche dir ein schönes Weihnachtsfest. Viele liebe Grüße Cornelia.«

Georg Lamparter legte den Brief auf den Küchentisch, nahm ihn dann aber noch einmal in die Hand und las ihn ein zweites Mal. Er wurde nicht schlau aus dem, was Cornelia schrieb. Was sollte das heißen: »Ich habe nicht den Mut, das fortzusetzen?« Und was meinte sie mit »steht mir das überhaupt zu?« Sie war doch eine selbstständige Frau. Lamparter hätte gerne jemanden gefragt, einen Rat eingeholt, wie er darauf reagieren sollte, aber so sehr er auch darüber nachdachte, es fiel ihm niemand ein, zu dem er genug Vertrauen hatte.

Er ging zum Küchenschrank, nahm eine Rotweinflasche heraus, griff aus der Schublade einen Korkenzieher und ging zum Schüttstein, um die Flasche zu öffnen. Eine ganze Weile stand er da – die Flasche in der linken, den Korkenzieher in der rechten Hand. Und dann schlug er den Flaschenhals plötzlich gegen die Kante des steinernen Schüttsteins. Das Glas zerbrach klirrend. Georg goss den Inhalt direkt in den Ausguss.

Langsam erwärmte sich das Haus. Er ging in den Flur, wo auf einem Schuhschränkchen das Telefon stand. Er legte Cornelias Brief neben den Apparat. Ihre Nummer hatte sie unter ihre Grüße geschrieben, was man ja vielleicht so auslegen konnte, als habe sie nichts dagegen, angerufen zu werden, dachte Georg, nahm den Hörer ab und legte den Zeigefinger auf die erste Taste, aber dann nahm er seine Hand wieder weg, legte den Hörer auf und ging in die Küche zurück.

11

»Das kommt ja überhaupt nicht infrage!«, herrschte Ilona Kühn ihre Tochter Sandra an. »Was denkst du dir denn dabei?«

»Ich denke mir, dass es schon längst an der Zeit gewesen wäre, dass wir mit Papa Kontakt aufnehmen!«

»Und wie stellst du dir das vor? Wir haben seit Jahren überhaupt nichts voneinander gehört.«

»Aber ihr seid immer noch verheiratet!«

»Auf dem Papier. Du weißt genau, wir haben damals die Verbindung bewusst abgebrochen.«

»*Du* hast sie abgebrochen. Ich versteh das bis heute nicht, Mama!«

»Es war einfach am besten, einen endgültigen Strich zu ziehen.«

»Habt ihr euch denn so sehr auseinandergelebt?«

»Ja, das haben wir. Und jetzt Schluss damit, ja?!«

»Nur weil er nicht mit in den Westen wollte?«

»Ich hab gesagt, jetzt ist Schluss! Ich will nicht mehr darüber diskutieren.«

»Aber warum willst du mir verbieten, dass ich Papa besuche?«

»Darum!«

»Darum ist keine Antwort!« Sandra rannte hinaus und schlug die Tür hinter sich zu.

Ilona schüttelte wütend den Kopf, warf sich auf die Couch und griff nach einer Illustrierten. Aber sie legte das Heft schon nach wenigen Minuten wieder aus der Hand. Sandra wurde im Januar 17. Sie hatte ihren eigenen Kopf. Da war sie wie ihr Vater. Und jetzt, da die Weihnachtsferien angefangen hatten, hatte sich diese Idee bei ihr festgesetzt, Severin da unten irgendwo in Schwaben ausfindig zu machen. »Ich hätte ihr gar nicht erlauben dürfen, die Klassenfahrt nach Berlin mitzumachen«, sagte sich Ilona, »so wie sie ständig nach ihrem Papa fragte, musste man ja damit rechnen, dass sie ihn dort suchen würde.« Und jetzt hatte sie sogar herausgefunden, dass er inzwischen auch im Westen lebte.

Ilona hasste alle Gedanken und Erinnerungen an ihre Flucht aus der DDR. War doch alles ganz anders gekommen, als sie es sich vorgestellt hatte. Die Beziehung zu Bernhard war etwas so Einmaliges gewesen, etwas, das man wohl eine »Amour fou« nannte, ein leidenschaftliches Liebesabenteuer. Natürlich hatte Severin nichts davon bemerkt. Er war ja tagaus, tagein mit seinem Betrieb beschäftigt. Auch Sandra hatte sie erfolgreich von ihrem Liebhaber ferngehalten. Sie sollte Bernhard erst nach der Flucht in den Westen kennenlernen, die sie gemeinsam planten. Ilona wollte nur eines: aus der Enge in dem kleinen Land DDR hinaus in die große weite Welt, und sie wollte für immer mit Bernhard zusammen sein.

Erst an jenem Augustabend, als sie sich auf den Weg zu dem Tunnel machten, den er und seine Freunde gegraben hatten, weihte Ilona ihre Tochter ein und ließ sie in dem Glauben, ihr Vater komme mit oder folge ihnen ganz bald nach. Goldenen Zeiten würden sie entgegengehen, sagte sie zu ihrem Kind und malte den Westen in den schönsten Farben.

Aber der Vater kam nicht, als sie in den Tunnel einstiegen. Er kam auch später nicht nach, als sie bereits das Aufnahmelager und die Reise nach Düsseldorf hinter sich hatten. Ilona erzählte Sandra, der Papa habe sich anders entschieden, gegen die Flucht und damit auch gegen seine Familie. »Er hat uns verraten!«, sagte sie, und Sandra glaubte ihr.

Misstrauisch wurde die Tochter erst, als sie bemerkte, dass ihre Mama sich gleich nach der Flucht mit Bernhard zusammengetan hatte. »Weißt du, wir brauchen ihn«, hatte die Mutter zu ihrer Tochter gesagt. »Ohne ihn kann ich mir hier keine Existenz aufbauen.«

Ilona war Schneiderin von Beruf, und sie war in ihrem Handwerk richtig gut. Zuerst arbeitete sie in einer Änderungsschneiderei, machte sich aber schon bald selbstständig. Bernhard half ihr dabei. Er hatte einen Bruder, der schon vor dem Mauerbau in den Westen gegangen war und richtig Karriere gemacht hatte. Und Patrick – so hieß der Bruder – schoss Ilona das Geld für die eigene Schneiderei vor. Bernhard freilich verließ nach einem halben Jahr seine Geliebte. Für ihn sei es eine vorübergehende Liaison gewesen, erklärte er ihr, und immerhin habe er ja dafür gesorgt, dass sie nun im Westen einen guten Start habe. Das alles hätte sie vielleicht noch verkraftet, aber als er sagte: »Mein Bruder ist allein, er hat Geld und nimmt dich bestimmt gern«, war sie ausgeflippt und mit der großen Schere auf ihn losgegangen. Zum Glück traf die Scherenspitze auf eine Rippe Bernhards und glitt ab. Die Verletzung war dennoch erheblich. Er musste mit dem Notarztwagen ins Krankenhaus gebracht werden. Patrick forderte daraufhin seinen Kredit zurück.

Oft hatte Ilona damals nachts wachgelegen. Sie hatte Glück gehabt, dass Bernhard sie nicht wegen Körperverletzung angezeigt hatte. Er gab an, sich selbst verletzt zu haben. Ilona hatte danach kurz den Gedanken erwogen, wieder Kontakt zu ihrem Mann aufzunehmen oder gar einfach zurückzukehren in die DDR. Sie wäre nicht die Erste gewesen, die reumütig diesen Schritt gemacht hätte, das wusste sie. Am Ende verwarf sie beide Gedanken, suchte sich eine billige Wohnung und war froh, dass man sie in der Änderungsschneiderei wieder aufnahm.

Und Ilona hatte Kraft. Sie war nicht so leicht unterzukriegen. »Aufgeben ist nicht«, sagte sie sich. »Auch die kleinen Möglichkeiten muss man nützen. Man darf sich für nichts zu schade sein.« Und so schaffte sie es aus eigener Kraft, sich wieder selbstständig zu machen. In der engen Dreizimmerwohnung richtete sie sich eine kleine Nähstube ein, die sie durch einen Paravent vom Wohnzimmer abtrennte. Zufriedene Kundinnen empfahlen sie weiter, und so konnte sie nach und nach ihr eigenes Geschäft aufbauen. »Hinfallen, aufstehen, Krone richten, weitergehen«, war schon immer ihre Devise gewesen.

Am Abend ging Ilona in Sandras kleines Zimmer, das die Tochter den ganzen Tag nicht verlassen hatte. Nicht einmal zum Essen war sie herausgekommen. Das Mädchen lag auf dem Bett, die Beine angezogen, die Arme über der Brust gekreuzt, und starrte an die Decke. Als ihre Mutter hereinkam, wendete sie ihr den Blick nicht zu, sondern stieß nur hervor: »Was willst du?«

»Mit dir reden.«

»Es gibt nichts zu reden.«

Ilona setzte sich ans Fußende des Bettes. »Ich versteh dich ja …«

»So? Ich versteh dich nicht!« Noch immer sah Sandra ihre Mutter nicht an.

»Von mir aus kannst du zu ihm fahren«, sagte Ilona. Das Mädchen richtete sich auf, streckte die Beine und stützte sich auf die Ellenbogen. »Ist das wahr? Du hast nichts mehr dagegen?«

»Nein. Fahr ruhig. Aber nicht zu Weihnachten. Deine Ferien gehen ja bis 6. Januar.« Unvermittelt stand die Mutter auf, verließ das Zimmer und zog die Tür hinter sich zu. Sandra sprang vom Bett, riss die Tür auf, eilte ihr nach, und noch bevor Ilona ihre kleine Nähstube erreicht hatte, schloss die Tochter sie in die Arme. »Du bist doch die Beste!«

12

Das Christfest 1993 war das, was der Volksmund ein Arbeitgeberweihnachten nannte: Der 24. Dezember fiel auf einen Freitag, erster und zweiter Weihnachtsfeiertag auf Samstag und Sonntag, der Neujahrstag war wieder ein Samstag. Also lag zwischen den Feiertagen eine volle Arbeitswoche. Albert Müllerschön war froh darüber; denn die Auftragslage war so gut wie schon lange nicht mehr. Zwar wurde auf vielen Baustellen wegen des winterlichen Wetters nicht gearbeitet, aber es war dem Heimeringer Fabrikanten gelungen, die von Severin Kühn entwickelten Passantenschutztunnel an eine ganze Reihe von Kunden zusätzlich, oft sogar nachträglich zu den Baugerüsten, zu verkaufen beziehungsweise zu vermieten. Albert Müllerschön gewährte seinem neuen Mitarbeiter eine Bonuszahlung von 1500 Mark dafür.

Severin Kühn hatte eigentlich vorgehabt, über die Feiertage nach Berlin zu fahren, aber da es in diesem

Jahr keine zusätzlichen freien Tage gab, entschloss er sich, in Heimeringen zu bleiben.

Am 24. Dezember um die Mittagszeit begann es zu schneien. Große dicke Flocken schwebten dicht an dicht auf die Erde nieder. Schon nach einer Stunde waren die Häuser, die Straßen, die Gärten und die riesigen Flächen der Wacholderheide mit einem dicken weißen Mantel überzogen. Severin Kühn stand am Fenster seines Hotelzimmers und sah in das fast undurchdringliche Weiß hinaus. Er versuchte, seinen Blick auf einzelne Schneeflocken zu richten, was gar nicht so schwierig war, denn der Schnee fiel zwar dicht, aber sehr langsam, und wenn das Auge eine Flocke herausgriff, wirkte sie wie eine Feder, die sich um sich selber drehend der Erde entgegenschwebte. Es war, als spüre er körperlich, wie der dichte Schnee die ganze Welt und nun auch ihn einhüllte. Er riss das Fenster auf und sog die kalte Luft tief in die Lungen.

Zwei Kilometer weiter am oberen Teil der Bergsteige stand Georg Lamparter in seinem Schlafzimmer vor dem Spiegel in der Tür des Kleiderschranks. Er hatte ein weißes Hemd und eine schwarze Hose angezogen und band sich jetzt eine weinrote Krawatte. Seitdem er aus der Kur zurück war, hatte er sein Haus nicht verlassen, und es kostete ihn auch jetzt Überwindung. Er zog ein neues blaues Jackett an, das er in Radolfzell gekauft hatte, und seine frisch geputzten Schuhe, warf den Wintermantel über und verließ die Wohnung.

Sein Auto stand in der Garage, in die er über den Keller trockenen Fußes gelangte. Als er das Tor aufstieß, spürte er den Gegendruck des Schnees, der nun schon gut 20 Zentimeter hoch lag. In den Radionachrichten hatte er gehört, dass es nur auf den Höhen der Schwäbischen Alb und des Schwarzwalds schneite. Das übrige Land litt unter regnerischem Schmuddelwetter mit gelegentlichen Schneeschauern.

Severin Kühn schloss das Fenster. Er zog sich nicht um, sondern schlüpfte nur in seine Winterjacke, setzte eine Mütze auf und zog die Fellstiefel an, die er sich vor ein paar Tagen vorsorglich angeschafft hatte. Er holte seinen Trompetenkoffer aus dem Schrank und verließ das Zimmer. Er war der einzige Mensch im Gasthof. Die Wirtin verbrachte die Weihnachtstage bei ihrer Familie in Ulm, wie sie ihm erzählt hatte.

Einen Augenblick blieb er vor dem *Goldenen Ochsen* stehen, breitete die Arme aus und genoss es, den dichten Schnee zu spüren, der sich auf seine Schultern und seine Mütze legte. Wenn er so ausharren würde, wäre er in einer halben Stunde ein kompletter Schneemann, dachte er, lachte ein wenig in sich hinein und machte sich auf den Weg zu Ole Petersens Schwester in der Johannesgasse.

Ein warmes Gefühl der Dankbarkeit erfasste ihn, weil er in ein paar Minuten schon nicht mehr so alleine sein würde. Als er den Kirchplatz überqueren wollte, näherte sich ein Auto. Der Fahrer bremste. Der Wagen schlitterte. Severin Kühn machte einen Satz zurück, glitt aus und fiel auf den Gehsteig. Dem Fahrer gelang es, sein Auto zu stoppen, er sprang heraus. »Ist was passiert?«

»Ne, mich hat's nur auf 'n Arsch jehaun. Ich steh schon wieder. Keen Problem!«, rief Severin Kühn.

»Na, Gott sei Dank!« Der Autobesitzer stieg wieder ein und fuhr vorsichtig weiter. Und so verpassten Severin Kühn und Georg Lamparter die erste Gelegenheit, sich kennenzulernen.

Eine Viertelstunde später betrat Severin Kühn das Häuschen von Greta Petersen. Als er die Tür öffnete, kam ihm im Windfang eine junge Frau entgegen, legte den Zeigefinger auf die Lippen und deutete auf seine Füße, um ihn zu bitten, die nassen Schuhe auszuziehen. Sie nahm ihm den Parka und die Mütze ab und schob ihm ein paar dicke Pantoffel hin. Aus dem Zimmer erklang Geigenmusik, die offenbar gerade zu Ende ging. Die junge Frau nahm Severin an der Hand und zog ihn hinter sich her. Leise öffnete sie die Tür zu einem großen Raum, dessen Wände ringsum aus hellem Holz bestanden. Verblüfft blieb Severin stehen. Das Zimmer war mit zahllosen Kerzen erleuchtet. Einen Weihnachtsbaum gab es nicht. In einem offenen Kamin brannte ein Feuer. Ein Geruch von Sandelholz schlug ihm entgegen, der von Räucherstäbchen herrührte, die im ganzen Zimmer verteilt waren. Er wollte etwas sagen, aber die junge Frau an seiner Seite zischte leise: »Jetzt nicht!« Im gleichen Augenblick erhob sich eine tiefe männliche

Stimme. »Es begab sich aber zu der Zeit, dass ein Gebot von Kaiser Augustus ausging, dass alle Welt geschätzt werden sollte. Und diese Schätzung war die allererste und geschah zu der Zeit, da Quirinius Statthalter in Syrien war. Da machten sich auf auch Josef aus Galiläa, aus der Stadt Nazareth, in das Land zur Stadt Davids, die heißt Bethlehem mit seiner Frau Maria. Die war schwanger ...«

Die Stimme gehörte dem Schäfer Ole Petersen. Er stand am Fenster gegenüber der Tür, hoch aufgerichtet und mit ernstem Gesicht. Den Text sprach er frei bis zum letzten Satz: »Ihr werdet finden ein Kind in Windeln gewickelt und in einer Krippe liegend. Die Engel der himmlischen Heerscharen lobten Gott und sprachen: Ehre sei Gott in der Höhe und Frieden auf Erden und bei den Menschen ein Wohlgefallen.«

»Amen!«, rief seine Schwester, die in einem breiten, mit einem dicken Schaffell ausgelegten Sessel saß. Sie trug mehrere rote und orangefarbene Röcke übereinander, unter denen der weiße Saum eines Unterrocks aus feiner weißer Spitze hervorblitzte. Um ihren Kopf hatte sie ein dunkelblaues Tuch gebunden, an dem unzählige silberne und goldene Sternchen und Glöckchen glitzerten. Ein Tuch, das genauso gestaltet war, hatte sie um ihre Schultern geschlungen.

Am Tisch saßen ein etwa 14-jähriges Mädchen, das offenbar zuvor die Geige gespielt hatte und jetzt das Instrument auf den Knien hielt, neben ihm ein Mann weit über 70 mit einem ungepflegten Bart und wilden weißen Haaren. Er kam Severin Kühn bekannt vor, aber er konnte sich beim besten Willen nicht erinnern, woher, und tat schließlich den Gedanken als Hirngespinst ab. Gegenüber saß, eng aneinandergeschmiegt, ein Paar, der Mann um die 30, die Frau neben ihm, die Severin an der Tür in Empfang genommen hatte, schätzte er auf 25.

Nach Oles Vortrag herrschte kurz ein andächtiges Schweigen, bis die Hausherrin rief: »Die Weihnachtsgeschichte muss nun mal sein.«

Severin trat auf Ole zu und reichte ihm die Hand: »Haste schön gemacht, Schäfer.« Dann wandte er sich dessen Schwester zu und sagte förmlich: »Ich danke für die Einladung!« Was ihr ein lautes kehliges Lachen entlockte. »Sieh an, ein Gentleman! Und wenn du dich wirklich bedanken willst, dann spiel uns nachher das *Ave Maria* auf deiner Trompete.«

Da klatschte der Alte plötzlich in die Hände: »Der Trompeter von der Oderberger Straße!«

Alle starrten ihn an.

»Ja wirklich«, rief der alte Mann. »Schau mal: So klein ist die Welt.«

»Und wer sind Sie?«, fragte Severin Kühn.

»Kennst mich nimmer? Arthur Binzwanger, der *König der schwäbischen Versager.*«

Schlagartig war für Severin alles klar. »Mann! Wie kommen Sie denn hierher?«

»Und wie kommst du hierher, ins Land der schwäbischen Trolle und Elfen? Also der Troll bin ich, und Gretel ist die Elfe. Bei mir musst du dich nicht wundern. Ich war immer überall und nirgends, und hier bin ich sozusagen daheim. Aber du …? Na gut: Die Wege des Herrn sind wunderbar und verdammt verschlungen, wa?« Sein schwäbischer Akzent war kaum mehr zu erkennen und das »wa?« am Ende des Satzes typisch berlinerisch.

»Der *König der schwäbischen Versager*«, wiederholte Kühn nachdenklich, und zu den anderen gewandt, sagte er: »Er war jeden Abend unterwegs bis tief in die Nacht, er zog von Kneipe zu Kneipe und war doch immer nüchtern. Damen, denen er seine Ehrerbietung erweisen wollte, überreichte er ein Sträußchen aus Gänseblümchen. Er veröffentlichte in den Obdachlosenzeitungen gut geschriebene Artikel und die schönsten seiner Gedichte. Und die verkaufte er auch auf seiner nächtlichen Tour, handgeschrieben auf feinem Papier. Ein wahrer Poet!«

Laut zitierte er:

»Wenn der Tag nichts war, dann wirf ihn weg.

Jammern hat ja keinen Zweck.

Mach dir nichts draus,

schau voraus!«

»Bravo!«, rief der Alte. »Es ist zwar bei Weitem nicht mein bestes Gedicht. Dafür kann man es sich gut merken, wa?«

Gretel Petersen war inzwischen in Begleitung ihres Bruders in die Küche gegangen.

Severin Kühn setzte sich neben den Dichter und sah das junge Paar an. »Ich bin Luigi aus Sizilien«, sagte der Mann. »Aber i ben von hier«, ergänzte die junge Frau neben ihm und küsste den Italiener auf den Mund.

Im gleichen Augenblick kam Gretel Petersen mit einer riesigen dampfenden Pfanne zurück, in der ein mächtiger Gänsebraten ruhte. Ole brachte eine Schüssel mit Knödel. Teller und Besteck waren schon gedeckt.

Während des Essens fragte Severin den Schäfer, wo denn heute seine Herde sei, da es so schrecklich schneie.

»Hermine hat es als Erste gemerkt, dass der Schnee kommt«, antwortete Ole, »aber ich hab's wenig später auch gerochen. Wir haben gemeinsam beschlossen, in die Ställe zu ziehen.«

»Wer ist Hermine?«, fragte das Mädchen mit der Geige.

»Sein Leitschaf«, sagte Severin, stolz, dass er es wusste. Und Ole nickte bestätigend dazu.

Das junge verliebte Paar sprach fast nichts. Und das Mädchen mit der Geige taute erst auf, als Severin auf seiner Trompete tatsächlich, wie von der Hausherrin gewünscht, das *Ave Maria* von Gounod gespielt hatte. »Können wir das auch mal zusammen probieren?«, fragte sie.

»Ja, klar. Sofort! Aber erst sag mir mal, wie du heißt.«

»Stefanie, aber alle sagen nur Steffi zu mir.«

»Sie ist meine Nichte«, erklärte Gretel Petersen. »Wann immer sie Ferien hat, kommt sie zu mir.«

«Okay, Steffi, A-Dur!«, gab Severin vor.

»Ich müsste doch erst die Noten haben.«

»Nein, wir machen das anders: Ich spiele die ersten Takte, dann wiederholst du sie, dann spiele ich die nächsten, und du spielst sie wieder nach und so weiter.

Es ist wie ein Frage-und-Antwort-Spiel oder eigentlich wie ein Ruf und sein Echo. Und wenn wir das zwei Mal gemacht haben, spielen wir es zusammen.«

Es gelang. Und so wurde es ein wunderbar musikalisches Weihnachten. Plötzlich schlug das junge Paar vor, einen Kanon zu singen. Man einigte sich auf *Dona nobis pacem*.

Gretel hatte einen Rotweinpunsch gemacht, dem kräftig zugesprochen wurde.

Und zum Ende legte sie eine Platte mit Musik von Louis Armstrong auf. Und alle sangen *New Orleans Function* mit, obwohl es dazu noch nie einen Text gegeben hatte.

Es war weit nach Mitternacht, als sich Severin Kühn durch den Schnee, der nun schon weit über seine Knöchel reichte, auf den Heimweg machte. Es schneite unaufhörlich weiter.

Im Hause Müllerschön kamen die Weihnachtslieder aus einer teuren Stereoanlage. Die Musik hatte Marianne ausgewählt. Der Hausherr hatte die Lichter am Weihnachtsbaum angezündet, und auch hier hatten nach alter Tradition alle andächtig der Weihnachtsgeschichte aus der Bibel gelauscht, vorgelesen vom Senior, dem 88-jährigen Karl Josef Müllerschön. Er las die Version aus dem Matthäusevangelium. Danach servierte Marianne – auch dies ein alter Brauch – Saitenwürstchen mit Kartoffelsalat. Das Fabrikantenehepaar hatte keine Kinder.

Die vier saßen in einer seltsam melancholischen Stimmung um den Tisch. Ein Gespräch wollte nicht so recht in Gang kommen, zumal Georg Lamparter noch schweigsamer war als gewöhnlich. Er redete zwar gerne und meist sehr überzeugend in Versammlungen, wenn ihm viele Leute zuhörten, aber in persönlichen Gesprächen war er meist scheu und zurückhaltend.

Kurz vor 23 Uhr verabschiedete er sich. Albert Müllerschön begleitete ihn bis zum Tor an der Brücke über den Fluss. »Wann fängst du wieder an?«, fragte er.

»Am liebsten gleich am Montag«, sagte Lamparter, »also am 27.«

»Des dät mi freua«, schwäbelte der Fabrikant, »aber vielleicht lässt du dir doch besser noch a bissle Zeit bis ins Neue Jahr.« Er reichte seinem Mitarbeiter die Hand.

Georg Lamparter verließ seinen Chef mit gemischten Gefühlen. Einerseits hatte er es als Auszeichnung verstanden, dass er den Weihnachtsabend mit Müllerschön und seiner Familie verbringen durfte. Andererseits machte ihn der Aufschub für seinen Arbeitsbeginn misstrauisch. Wäre er so unentbehrlich gewesen, wie Müllerschön zu anderen Zeiten angedeutet hatte, hätte der Chef doch für jeden Tag froh sein müssen, an dem er früher zur Arbeit zurückgekehrt wäre. Lamparter befreite sein Auto vom Schnee, stieg ein und fuhr vorsichtig los. Auf der Bergsteige hatte sich unter dem Neuschnee eine glatte Eisfläche gebildet. Er versuchte, die Steigung mit Schwung zu nehmen, aber der Wagen kam ins Rutschen, stellte sich quer und prallte gegen die

Bordsteinkante. Langsam ließ Lamparter das Fahrzeug bis zum Kirchplatz zurückrollen und stellte es unter einem Kastanienbaum ab, dessen Äste vom schweren Schnee in tief gehenden Bögen herabgedrückt wurden. Eine Viertelstunde später schloss er die Haustür auf, schüttelte den Schnee von den Schultern und von seiner Mütze und kehrte ihn mit einem Besen, der im Winter immer neben der Haustür stand, von seinen Schuhen.

Er schloss die Haustür und schob eine zusammengerollte Wolldecke an die untere Fuge, um Zugluft zu verhindern. Im Haus war es gemütlich warm. Lamparter legte seinen dicken Mantel ab und warf einen Blick auf das Telefon. Das rote Licht des Anrufbeantworters blinkte. Lamparter stand eine ganze Weile vor dem Apparat auf dem Schränkchen im Flur und rieb sich seine kalten Hände. Endlich drückte er auf Wiedergabe.

»Hallo, Georg! Ich bin's. Cornelia. Ich wollte dir schöne Weihnachtstage wünschen und dir sagen, dass ich in diesen Tagen an dich denke. Ich hoffe, es geht dir gut. Ich bin ein bisschen alleine. Die Kinder hatten dieses Jahr andere Pläne. Aber … na ja … kein Grund zu jammern. Dir alles Liebe!«

Georg Lamparter schaute auf die Uhr, zögerte, und verschob dann seinen Rückruf erst einmal.

13

Severin Kühn hatte sich mit Arthur Binzwanger, dem *König der schwäbischen Versager*, für einen Spaziergang um die Mittagszeit am ersten Weihnachtsfeiertag verabredet. Sie wollten über den Schinderbuckel zu Ole Petersens Schäferkarren gehen. Irgendwann in der Nacht hatte es aufgehört zu schneien, und nun wölbte sich ein wolkenloser klarblauer Himmel über der Schwäbischen Alb.

Arthur Binzwanger kam pünktlich um 12 Uhr in den Gasthof *Zum Goldenen Ochsen*. Er war in einen alten, abgeschabten Pelz mit einer hohen Kapuze gekleidet. An den Füßen trug er nagelneue, dicke Fellstiefel – ein Präsent von Gretel zu Weihnachten, wie er sagte, was Severin ein wenig verwunderte, weil am Heiligen Abend keinerlei Geschenke ausgetauscht worden waren. Das Thermometer zeigte neun Grad unter null.

Die ersten Schritte durchs Dorf gingen die beiden Männer schweigend nebeneinander. Der Schnee, auf dem im Sonnenlicht Millionen Kristalle glitzerten, knirschte unter den Sohlen ihrer Stiefel. Erst als sie sich am Fuß des Schinderbuckels an den Anstieg machten, fragte Kühn: »Warum nennt ihr euch eigentlich Versager?«

Binzwanger blieb stehen, die Hände tief in den Taschen seines zerschlissenen Fellmantels versenkt. »Ich war nicht der Einzige, der nach Berlin gegangen ist, als in den 50er-Jahren die Wehrpflicht wieder eingeführt wurde. In Berlin konntest du nicht zur Armee eingezogen werden.«

»Ach ja? Das wusste ich nicht.«

Binzwanger nickte. »Ossi halt.« Er trat mit seinen Stiefeln den Schnee in einem kleinen Kreis zu einer festen Fläche nieder. »Aber ich hab nie richtig Fuß gefasst. Eines Tages habe ich gedacht, es muss doch mehr Leute geben wie mich ...«

»Was denn für Leute?«

»Menschen, denen das Leben irgendwie weggelaufen ist.«

»Ich verstehe nicht.«

»Menschen eben, die vieles einfach verschlafen haben, die immer zu spät kommen, die keine Lust haben, sich besonders anzustrengen, und die ihr Leben auf diese Weise ziemlich verschlampen.«

Für Severin Kühn, der seit seinem 14. Lebensjahr hart gearbeitet hatte, war das eine seltsame Vorstellung, und das sagte er auch.

»Ich weiß, ich weiß«, gab der alte Schwabe seufzend zurück. »Ich dagegen hatte mein ganzes Leben lang noch nie Lust, mich anzustrengen, aber ich habe die kleinen Annehmlichkeiten des Lebens genossen, wenn sie sich von selbst ergeben haben. Auf irgendwelche Wettbewerbe habe ich mich ein Leben lang nicht eingelassen. Und dann ist da noch etwas ...« Er unterbrach sich.

»Ja?«, Severin sah ihn fragend an.

»Ich bin unfähig, mich unterzuordnen, nicht einem einzelnen Menschen und schon gar nicht einer Obrigkeit, verstehst du?«

»Fällt mir nicht leicht, muss ich zugeben. – Los, lass uns weitergehen, bevor wir hier festfrieren.«

Auf der Bank unter den Windrädern lagen gut 30 Zentimeter Schnee, selbst auf der Lehne hatte er sich wie eine schmale weiße Mauer hochgetürmt. Die beiden Männer blieben noch einmal stehen. Auf dem ganzen Weg bergauf hatten sie nicht mehr gesprochen.

»Und?«, fragte jetzt Severin Kühn, »hast du Gleichgesinnte gefunden, damals in Berlin?«

Arthur Binzwanger nickte: »Mehr, als man denken würde. Natürlich nicht nur Landsleute von mir. Wir haben uns dann öfter in Berlin im Park am Lietzensee getroffen. An einem kalten Winterabend, wie heute, haben wir um ein offenes Feuer gesessen, und da kam die Idee auf, einen Klub zu gründen. Einer schlug vor, ihn *Klub der nutzlosen Männer* zu nennen. Aber erstens waren da auch Frauen darunter, und zweitens: So nutzlos haben wir uns eigentlich auch wieder nicht gefühlt. Ich hatte schon damit begonnen, meine Gedichte aufzuschreiben und in den Kneipen zu vertreiben – hauptsächlich in Charlottenburg und Wilmersdorf, wo den Leuten das Geld lockerer in den Taschen saß als im Wedding oder in Kreuzberg. Und in den Sommermonaten verteilte ich meine kleinen Sträußchen an Frauen, die mir gefielen. Na gut. Wir saßen also da am Feuer, warme Füße, kalter Arsch. Es waren welche darunter, die schon immer ganz verloren waren, die schon als Geschlagene zur Welt gekommen waren. Einer von uns fragte: »Was denken denn die Leute über uns? Die halten uns doch für Versager, nur weil wir das Rattenrennen ums Geld nicht mitmachen, weil wir uns nicht totschuften wollen!«

»Na, na«, fuhr Severin Kühn dazwischen, »ich arbeite hart, aber ich schufte mich doch nicht zu Tode.«

»Bist du sicher?« Binzwanger sah den Berliner von der Seite an, fuhr dann aber schnell fort: »Egal. Wie auch immer. Die Antwort auf die Frage meines Kumpels lautete: ›Sie nennen uns Versager.‹ Und so kam es zu dem Namen *Klub der schwäbischen Versager*. Fanden wir besonders witzig, weil wir Schwaben doch sonst als so schrecklich tüchtig gelten. Dabei waren nicht mal die Hälfte von uns Schwaben, aber die anderen haben wir kurzerhand zu Schwaben ehrenhalber ernannt.«

»Und dich haben sie zum König gekrönt? König Arthur, das hat ja was.«

»Na ja, sie haben mich zu ihrem Vorsitzenden gewählt, wollten mich Präsident nennen, aber das klang in meinen Ohren alles zu politisch und hätte auch nicht zu der Ironie gepasst, die hinter dem ganzen Unternehmen steckte, verstehst du? – Wo geht's lang?«

Severin Kühn deutete mit ausgestrecktem Arm in die Richtung, wo Ole Petersens Schäferwagen stand, den man allerdings von hier aus noch nicht sehen konnte.

»Und den Klub gibt es noch?«, fragte Severin.

»Schon lange nicht mehr. Es gibt nur noch mich, einen König ohne Land und ohne Volk.«

»Aha. – Dort vorne an dem Holzkreuz geht es rechts ab, Eure Majestät!«

Für sein Alter schritt Arthur Binzwanger kraftvoll voran und trat tiefe Spuren in den Schnee, die es Kühn leicht machten, ihm zu folgen.

Als sie Ole Petersens Behausung erreichten, kam der gerade aus der anderen Richtung auf den Schäferwagen zu. Seine Hunde liefen dicht neben ihm. Er habe nach seinen Tieren geschaut, erzählte er, zum Glück seien alle gesund und munter und vermutlich ganz froh, in den warmen Ställen sein zu können.

In einem Kessel auf dem Ofen in Petersens Schäferwagen köchelte eine rote Flüssigkeit. Der Hausherr bat seine Besucher, auf der Bank Platz zu nehmen, und füllte drei Becher mit einer Schöpfkelle. »Ist bei den Temperaturen das Beste, ein richtig starker Glühwein.« Er stellte die Getränke auf den Tisch, zündete alle vier Kerzen auf dem Adventskranz an und setzte sich in den Schaukelstuhl seinen Gästen gegenüber. Einer der Hunde hatte sich auf Severin Kühns Füße gelegt und verstrahlte eine angenehme animalische Wärme.

Endlich wurde Kühn die Frage los, die ihn schon seit gestern beschäftigt hatte. »Wie hat es dich denn nun hierher verschlagen? Stammst du aus der Gegend?«, fragte er Binzwanger.

»Nein, überhaupt nicht, ich bin in Rottenburg bei Tübingen geboren.« Er machte eine kurze Pause, als müsste er ernsthaft über Severins Frage nachdenken. »Wie mich's hierher verschlagen hat? – Es hätte genauso gut jeder andere Ort sein können. Ich habe mich schon immer einfach treiben lassen, bin losgelaufen, habe ab und zu jemanden gefunden, der mich im Auto ein Stück mitgenommen hat, und wenn ich das Gefühl hatte, es sei Zeit, Station zu machen, bin ich ein paar Tage geblieben. Im Sommer habe ich meist in irgendeinem Park geschlafen. Im Winter bin ich zum nächstgelegenen Pfarrhaus gegangen, egal ob katholisch oder evangelisch – ich selber bin natürlich katholisch, weil ich ja aus Rottenburg stamme, einer erzkatholischen Stadt mit einem eigenen Bischof und rundherum lauter evangelischen Orten. Aber die Nächstenliebe ist keine Frage der Konfession. In Heimeringen war ich auch zuerst beim Pfarrer. Er hat mir geraten, zur Kräutergretel zu gehen. Und das war's. Jetzt bin ich schon drei Wochen da.«

»Und? Geht's irgendwann mal wieder zurück nach Berlin?«, fragte Severin.

»Ich weiß nicht«, antwortete Arthur. »Die Gretel hat mir angeboten, ich könnte im Schuppen hinter ihrem Haus wohnen, wenn ich länger bleiben wolle. Im Augenblick hause ich in einer sehr engen Kammer direkt unterm Dach, und nachts weckt mich der Waschbär, der sich im Gebälk über mir eingenistet hat. Vielleicht ziehe ich tatsächlich in den Schuppen um und verbringe den Winter hier in Heimeringen. Da ist nur ein Problem …« Er hielt inne und nahm einen langen Schluck aus dem Glühweinbecher.

»Nämlich?«, fragte Severin.

»Ich will kein Schmarotzer sein. Ich müsste einen Weg finden, zu etwas Geld zu kommen.«

Kühn lächelte. »Wird nicht einfach werden, ohne zu arbeiten.«

»Den Schuppen müsste man sowieso erst mal bewohnbar machen«, warf Ole Petersen ein. »Im jetzigen Zustand kann da drin keiner wohnen.«

Der *König der schwäbischen Versager* seufzte. »Ich habe zwei linke Hände und an jeder nur Daumen.«

»Wir schauen uns den mal an«, sagte Severin Kühn. »Ich könnte dir vielleicht helfen.« Im Stillen dachte er bei sich, wenn man dort eine brauchbare Wohnung schaffen könnte und der alte Schwabe irgendwann weiterziehen würde, wäre es vielleicht für ihn eine Gelegenheit, aus dem Gasthof aus- und in eine eigene Behausung einzuziehen.

Der Schuppen war ein solider Holzbau mit doppelten Wänden ringsum, außen Eiche, innen Kiefer, der Hohlraum war mit einer dichten Stroh-Lehm-Schicht gefüllt, eine wirksame Dämmung gegen Nässe und Kälte. Das Dach war mit Ziegeln gedeckt. Innen allerdings war nicht mehr als ein großer Hohlraum. In etwa drei Metern über dem Lehmboden verliefen starke Eichenbalken von Giebel zu Giebel, die man leicht mit Brettern vernageln und so einen Zwischenboden schaffen konnte. Aus den Seitenwänden musste man vier oder sechs Flächen herausschneiden und Fenster einsetzen. Ein Strom- und ein Wasseranschluss waren leicht herzustellen, konstatierte Severin Kühn, der breitbeinig unter der Tür stand, die Hände auf dem Rücken, und überlegte, wie man diese Hülle füllen konnte. Gretel lehnte an der rechten seitlichen Wand und ließ Kühn nicht aus den Augen. Arthur Binzwanger hatte sich eine leere Obstkiste gegriffen und saß nun dicht neben der Tür.

»Ich sehe das alles schon vor mir«, sagte Severin begeistert, »dort in der rechten Ecke bauen wir eine kleine Küche ein und direkt daneben die Dusche und das Klo. Den Raum kann man leicht mit Rigipswänden abteilen, der Rest bleibt so groß, wie er ist, und wird nur vernünftig möbliert. Findet man alles billig und gebraucht, wenn nicht gar geschenkt.« Severin Kühn redete sich richtig in Fahrt. »Und wir haben ja dann auch noch den ersten Stock. Da kann man das Schlafzimmer einrichten. Allerdings muss man eine solide Treppe nach oben bauen.«

Gretel lachte. »Hört sich an, als wolltest du selber hier einziehen.«

Severin winkte ab. »Erst mal wollen wir zusehen, dass der König seinen Palast bekommt.«

»Platz wär da ja auch für zwei«, meinte Binzwanger.

Severin Kühn schüttelte den Kopf. »Ich glaube nicht, dass das was für uns wäre, Arthur. Dafür sind wir dann vielleicht doch zu unterschiedlich.«

Arthur Binzwanger nickte nachdenklich. »Ja, und für mich würde das ja auch bedeuten, sesshaft zu werden.«

»Vielleicht hast du inzwischen auch das richtige Alter dafür«, ließ sich Gretel hören.

»Könnte sein«, gab er zögernd zurück. Überzeugend klang es nicht. Er räusperte sich ein paar Mal und fuhr dann fort. »Wenn ich's recht bedenke, habe ich das richtige Alter zum Sterben.«

»Spinnst du?«, fuhr Gretel dazwischen.

»Wie hat mal einer gesagt? ›Ich hab meinen Lebenshorizont durchschritten.‹ So ist es bei mir auch. Was jetzt noch kommt …« Er machte eine abschätzige Handbewegung.

»Solche Gedanken will ich in meinem Haus nicht hören«, empörte sich Gretel.

»Das Leben muss einen Sinn haben.« Arthur sprach mehr zu sich selbst als zu den anderen. »Den Sinn des Lebens zu verlieren, heißt, das Leben verlieren. Nietzsche hat einmal gesagt: ›Wer ein Warum hat zu leben, erträgt fast jedes Wie.‹ Aber wie ist es, wenn man plötzlich kein Warum mehr für sich findet?«

Der *König der schwäbischen Versager* erhob sich von der Obstkiste. »Manchmal geht's einem eben besser und manchmal nicht so gut«, sagte er leise und verließ den Schuppen.

14

Am zweiten Weihnachtsfeiertag verzog sich die Sonne wieder. Ein grauer Himmel lag über dem Land. Finstere Wolken trieben träge dahin. Sie hingen so niedrig, dass man das Gefühl hatte, man könne nach ihnen greifen. Severin Kühn machte sich zu Fuß auf zur Fabrik. Den Trabi hatte er zwar repariert, aber er traute sich nicht, das kleine Auto bei den schwierigen winterlichen Straßenverhältnissen zu fahren.

Das Gebäude lag verlassen da. Severin schloss auf, ging hinein und verschloss die Tür wieder hinter sich. Seine Schritte hallten auf dem Betonboden. Er durchquerte die Maschinenhalle und erreichte an der Stirnseite den Verschlag, in dem sein Schreibtisch stand. Schon seit einigen Tagen ging ihm eine Idee im Kopf herum, und jetzt wollte er sie endlich zu Papier bringen.

Vor einiger Zeit hatte er zufällig den Landwirt Erich Kleinlein getroffen, der trotz der Kälte auf seinem

Traktor mit einem riesigen Güllefass auf dem Anhänger unterwegs war. Er wollte die Felder rechtzeitig düngen, ehe der Schnee kam, der am Ende bei der Schmelze die Gülle tief in die Erde schwemmen sollte.

Sie hatten sich ein paar Mal im *Goldenen Ochsen* gesehen, aber nicht näher kennengelernt.

Der Bauer saß auf seinem offenen Traktor, und man konnte sehen, wie ihm die Kälte zusetzte. Er hielt an und beugte sich zu Severin herab. »Da kannscht amal seha, wie hart mir schaffet. Koi Sau interessiert sich dafür, dass sich onseroiner da Arsch abfriert.«

Kühn nickte nur. Dass ihn der Landwirt einfach duzte, nahm er hin. Er mochte den lauten Mann nicht. Kürzlich hatte er in der Gaststube gehört, wie Kleinlein sich lustig gemacht hatte: »Habt ihr gseha, da ischt a Langholzfahrzeug durchs Dorf gfahre. Hat mich mei Bua gfragt: ›Was wird denn aus dene lange Schtämm?‹ ›Des werdet Zahnstocher für Berliner‹, hab ich g'sagt.«

Dröhnendes Gelächter am Stammtisch, und alle sahen zu Kühn herüber. Er hatte so getan, als habe er nichts gehört.

Kleinlein fuhr tuckernd weiter. Severin sah ihm nachdenklich hinterher. Das Güllefass hinterließ eine dünne Spur im hellen Schnee. Natürlich gab es inzwischen Traktoren mit Führerhäuschen, die man sogar beheizen konnte. Aber die armen Landwirte auf der Schwäbischen Alb konnten sich die neuen Maschinen nicht leisten. Man fuhr seinen Traktor, bis er den Geist aufgab.

»Was wird denn das, wenn's fertig ist?« Severin Kühn fuhr auf. Er hatte seinen Chef nicht kommen hören, der plötzlich hinter ihm stand und mit ausgestrecktem Zeigefinger auf die Konstruktionszeichnungen deutete.

Severin drehte sich auf seinem Stuhl um und wendete sich dem Fabrikanten zu.

»Ist nur so eine Idee.«

»Ja und? Was für eine Idee?«

»Wir kaufen doch die Rohrstangen für die Gerüste in 15 Meter Länge.«

»Ja, sicher.«

»Und wir haben immer Abfall, wenn wir sie verarbeiten.«

»Stimmt.«

»Das hier«, Severin hob seinen Skizzenblock, »wäre eine Möglichkeit, die Reste zu verarbeiten. Wir füllen die Stahlrohre mit Sand, legen sie ins Kohlefeuer fürs Autogenschweißen, biegen sie, sobald sie anfangen zu glühen, und schaffen so ein Gestänge, über das man nur noch eine Plane ziehen muss, und fertig ist das Fahrerhäuschen für einen Traktor. Vorne muss natürlich ein Stück Plexiglas rein, damit der Bauer eine Sicht hat. Das Gestänge kann man auch aus mehreren Stücken zusammenschweißen. Man muss nur darauf achten, dass die Biegungen nicht auf die Schweißnähte treffen.«

Müllerschön musterte Kühn nachdenklich. Er zog einen Stuhl heran und setzte sich rittlings drauf, die Arme über der Lehne verschränkt.

»Wir haben hier 1947 wieder angefangen. Mein Vater hatte die Idee, Zylinderköpfe aus Lastwagenmotoren, die einen Riss bekommen hatten zu schweißen, also den Riss zu verschließen. Die Zylinderköpfe wurden im Kohlefeuer erhitzt bis zur Glut, nur so hat's funktioniert. Verstehst? Der Riss wurde sauber verschweißt, also geschlossen, gell. Anschließend wurde die Führung für die Ventile wieder glattgeschliffen – eine Arbeit wie beim Zahnarzt. Mein Vater war beim Schweißen ein Meister. Wir haben ja auch viele andere Dinge geschweißt, und weißt was? Als er mal eine besonders saubere Schweißnaht gezogen hat, hat er sie signiert?«

»Was hat er?«

»Ja, gell, da guckscht! Es war ja auch tatsächlich ein Kunstwerk, gell.« Dass Müllerschön seine Mitarbeiter bei solchen Gesprächen duzte, war für ihn eine Selbstverständlichkeit, und dass die Mitarbeiter beim Sie bleiben mussten, auch.

Der Fabrikant stand auf und nahm Kühns Konstruktionszeichnungen kurz in die Hand. »Man könnte eine Menge alte Traktoren damit ausrüsten, und am Ende würden die Dinger gar nicht so teuer.«

»Man müsste es natürlich kalkulieren«, sagte Severin Kühn.

»Das lassen Sie mal meine Sorge sein. Das mach ich dann schon«, erwiderte Müllerschön. Er setzte sich noch einmal. »Ich wollte noch über was anderes mit Ihnen reden, Severin.« Es war das erste Mal, dass der Chef ihn so ansprach.

»Ja?« Kühn ließ sich seine Verblüffung nicht anmerken.

»Sie haben Weihnachten bei der Kräutergretel gefeiert, hab ich gehört.«

»Stimmt.«

»Das ist kein Umgang für Sie!«

»Wie bitte?«

»Die Frau hat hier herum keinen guten Ruf.«

»Versteh ich nicht.«

»Na ja, man muss natürlich nicht alles glauben. Dass sie eine Hexe sei und den bösen Blick haben soll, ist natürlich üble Nachrede. Aber dass sie auf den Strich gegangen sein soll, bevor sie hierhergekommen ist, stimmt wohl. Was vielleicht noch schlimmer ist: Sie macht unserem Doktor die Patienten abspenstig.«

»Wie denn das?«

»Sie verspricht, bei allen möglichen Krankheiten mit ihren Kräutern und Tinkturen oder sogar nur mit Handauflegen helfen zu können. Und – Sie kennen ja die Leute ...«

Severin Kühn wollte sagen, dass dies leider nicht der Fall sei, kam aber nicht zu Wort.

»Es gibt eine Menge, die ihr glauben.« Müllerschön machte mit der flachen Hand eine Scheibenwischerbewegung vor seiner Stirn. »Wir sind so froh, dass wir in Heimeringen noch einen Landarzt haben. Doktor Hauenstein ist übrigens ein guter Freund von mir.« Er lachte kurz auf. »Hat natürlich den Vorteil, dass sich kein Arbeiter einfach so krankschreiben lassen kann, wie das ja immer üblicher wird. Gemauschelt wird da nicht. Zudem ist der Axel Hauenstein unser Betriebsarzt. Aber wenn er am Ende nicht mehr genug Patienten hat, wird er gehen und an einer Klinik arbeiten, hat er mir schon gesagt.«

Severin Kühn hatte keine Lust, darauf einzugehen. Stattdessen sagte er: »Was meinen Sie zu meinem Vorschlag?«

Müllerschön stand wieder auf. »Das ist eine klasse Idee. Wir fangen gleich damit an, einen Prototypen zu bauen, und dann kann ich auch den Preis kalkulieren. Sie glauben gar nicht, wie mir so was Spaß macht!« Er legte kurz seine Hand auf Kühns Schulter und ging zu der Eisentreppe, die zu seinem Vogelnestbüro hinaufführte. Als er einen Fuß auf die erste Stufe setzte, rief er herüber: »Und gehen Sie diesem Weib aus dem Weg!«

Severin Kühn arbeitete bis weit in den Abend hinein. So einfach, wie er es Müllerschön dargestellt hatte, würde das mit dem Traktorführerhaus nicht gehen. Das schwierigste Problem stellte die Verschraubung des Gehäuses mit den ausladenden Kotflügeln dar. Sie musste absolut rüttelfest sein. Bleche in der entsprechenden Stärke fand er auf dem Schrotthaufen hinter der Produktionshalle. Er bohrte Löcher in das Metall, versuchte es mit Schrauben und Muttern verschiedenen Durchmessers und entsprechenden Unterlegscheiben, fand aber kein System, das ihn zufriedenstellte. Erst so gegen 21 Uhr schloss er die unvollständigen Pläne in seine Schreibtischschublade ein und verließ die Fabrikhalle. Müllerschön war längst gegangen.

Vom dunklen Himmel rieselten erste Schneeflocken herab. Der Boden war unter dem Schnee zum Teil immer noch spiegelglatt gefroren. Severin Kühn ging sehr vorsichtig mit ausgebreiteten Armen. Ein paar Mal drohte er auszugleiten, fand aber sein Gleichgewicht wieder, blieb ein paar Augenblicke stehen und atmete tief durch, ehe er höchst behutsam weiterging.

Als er den *Goldenen Ochsen* erreichte, stand unter dem Vordach des Gasthauses eine schmale Gestalt in einer knielangen wattierten Jacke, die Kapuze tief ins Gesicht gezogen. »Das Hotel ist geschloss…« Er unterbrach sich. Die Gestalt warf die Kapuze nach hinten zurück. »Papa! Endlich!«

»Sandra?«

»Da staunst du, was?« Sie trat schnell auf ihn zu, warf ihre Arme um seinen Nacken und drückte ihr Gesicht gegen seine Brust.

Severin war unfähig, etwas zu sagen. Eng legte er die Arme um den Rücken des Mädchens und drückte es an sich. Mühsam brachte er hervor: »Wie hast du denn das geschafft?«

»Das ist eine lange Geschichte, Papa. Können wir endlich reingehen?«

»Ja, aber ich hab nichts im Haus, nichts zu essen, nichts zu trinken, und ich weiß auch nicht … – doch, ich weiß, was wir machen. Komm!« Er nahm ihren Koffer, fasste sie bei der Hand und zog sie mit sich, vorbei am Kirchplatz, am Bach entlang und schließlich in die Johannesgasse bis zur Nummer eins. Auf dem Weg redete nur Sandra. Sie erzählte, wie sie ihn in Berlin gesucht habe, dass der Postbote die Nachsendeadresse in der Tasche gehabt habe und dass ihre Mutter ihr zuerst verboten und dann doch erlaubt habe, den Vater zu besuchen.

Severin bediente den alten Türklopfer an der schweren Holztür zu Gretels Haus.

»Wer ist da?«, kam ihre Stimme von drinnen.

»Oh zwei gar arme Leut«, sang Severin das alte Weihnachtslied, und Gretel übernahm sofort, als sie die Tür einen Spalt öffnete, und sang: »Was wollt ihr denn?«

Und Severin: »Ach gebt uns Herberg heut. Oh, um Gottes Lieb wir bitten, öffnet uns doch eure Hütten …«

Weiter sangen sie nicht. Hieß es doch: »Nein, nein, nein, es kann nicht sein, da geht nur fort, ihr kommt nicht rein!« Stattdessen sperrte Gretel die Tür weit auf und rief: »Los, nichts wie rein mit euch!«

Arthur Binzwanger saß in einem Sessel unter einer Stehlampe und las in einem Buch. Er hob den Kopf. »Wen haben wir denn da?«

»Darf ich vorstellen? Meine Tochter Sandra aus Düsseldorf.«

Gretel sagte direkt zu dem Mädchen: »Dass er eine Tochter hat, hat er uns bis jetzt verschwiegen.«

»Wann hätt' ich's auch erzählen sollen?«, fragte Severin.

Gretel Petersen war sofort damit einverstanden, dass Sandra während ihres Besuchs bei ihr wohnen könne.

15

Georg Lamparter hatte sein Haus nicht mehr verlassen, seitdem er am Heiligen Abend vom Besuch bei Müllerschöns zurückgekommen war. Vorsorglich hatte er alle Alkoholvorräte, die noch vorhanden waren, vernichtet. Er hatte sich ein Ziel gesetzt: Wenn ich es über die Feiertage schaffe, rufe ich Cornelia an. Und so war es jetzt wie ein kleiner Triumph, als er entschlossen einen Stuhl an der Lehne fasste, in den Korridor trug, vor dem Schuhschränkchen Platz nahm und den Telefonhörer abhob. Sie war schon nach dem zweiten Klingeln dran und meldete sich mit einem leisen »Hallo?«.

»Ich bin's, der Georg, also der Lamparter von der Mettnau.«

Sie lachte kurz auf. »Du musst dich nicht extra vorstellen. Ich freu mich ja so, dass du anrufst!«

»Ja?«

»Ja, natürlich! Was glaubst du denn? Sag, wie geht's dir?«

»Na ja, geht so. Im Neuen Jahr fange ich wieder an zu arbeiten.«

»Und wie hast du Weihnachten gefeiert?«

»Eigentlich gar nicht. Ich war Heiligabend bei meinem Chef eingeladen. Seitdem sitze ich allein zu Hause.«

»Mir geht es so ähnlich.«

Es entstand eine Pause. Er verkniff sich die Frage: Kannst du vielleicht zu mir kommen?, und sie traute sich nicht zu fragen: Willst du mich vielleicht besuchen?

»Tja«, machte er.

»Nun ja«, sagte sie. Das Gespräch drohte zu versiegen, da sagte Cornelia plötzlich: »Und Silvester?«

»Weiß nicht?«

»Man soll sich ja nie selber einladen, aber wie wär's denn, wenn ich dich besuchen komme?«

»Das würdest du wirklich machen?«

»Wenn du nichts dagegen hast …«

»Na, Menschmeier, was schwätzscht denn da?« Vor lauter Freude fiel er in seinen Dialekt. »I dät mi saumäßig freua!«

»Saumäßig?«

»Im Schwäbischen bedeutet es das höchste der Gefühle. Ich hätt' auch sagen können ›mordsmäßig‹, aber klingt das freundlicher?«

Sie lachte. »Und wie komm ich nach … – wie heißt das?«

»Heimeringen. Du fährst mit dem Zug bis Ulm, und dort hol ich dich mit dem Auto ab.«

»Und du findest, dass das richtig ist?«

»Ja, klar! Geh auf den Bahnhof und kauf dir eine Fahrkarte!«

»Wann soll ich denn kommen?«

»Am besten gleich morgen.«

»Einen Tag mehr werd' ich schon brauchen. Ich ruf dich wieder an und sag dir, wann der Zug in Ulm ankommt.«

Georg Lamparter sagte noch einmal, wie sehr er sich freue, legte auf, drehte sich ein paar Mal mit ausgebreiteten Armen um sich selber und trug den Stuhl ins Wohnzimmer zurück. Plötzlich fühlte er sich so gut wie schon seit vielen Tagen nicht mehr. Er zog die Winterjacke an und machte sich auf den Weg in die Fabrik. Der Chef hatte Lamparter zwar vorgeschlagen, erst im neuen Jahr wieder anzufangen, aber mal vorbeizuschauen und den Kollegen guten Tag zu sagen – da war ja wohl nichts dabei.

In der Fabrik wurde voll gearbeitet. Lamparter stellte seinen Wagen auf dem Firmenparkplatz ab und ging auf die Werkhalle zu. Die Geräusche der Maschinen, das Zischen der Schweißapparate, das Klopfen der Hämmer, hier draußen noch gedämpft zu hören, erfassten ihn wie eine vertraute Musik. Er war wieder daheim. An keinem der vorausgegangenen Tage hatte er das so gespürt wie jetzt. Er riss einen Flügel des großen Tores auf und betrat die Halle. Der Lärmpegel stieg. Lamparter blieb wenige Schritte hinter der Tür, die nun laut ins Schloss fiel, stehen. Durch den kühlen Luftzug, der kurz von draußen gekommen war, waren ein paar der Arbeiter aufmerksam geworden. Und plötzlich rief Kevin Beck: »Leut! Der Georg!«

Es wurde ruhiger, ein paar der Arbeiter stellten ihre Maschinen ab, andere schlossen die Düsen ihrer Schweißapparate mit einem hörbaren Knall, die blauen Flämmchen erloschen.

Der Buchhalter Schmied kam aus seinem kleinen Büro. Im Vogelnest hoch über der Halle trat Müllerschön hinter die Scheibe. Otto Knäblich ging auf den Neuankömmling zu und fasste mit beiden Händen dessen Rechte.

»Mensch, ich freu mich!« Er ließ los und machte mit beiden Armen eine umfassende Geste: »Und alle anderen auch.«

»Außer einem vielleicht!«, ließ sich Kevin Beck hören und deutete auf den Verschlag, hinter dem Severin Kühns Schreibtisch stand. Der Mann aus Berlin war aufgestanden und kam nun um die Wand herum, die seinen Arbeitsplatz von der Fabrikhalle trennte. Er ging auf die kleine Gruppe zu, die sich um Lamparter gebildet hatte. »Darf ich mich vorstellen«, sagte er förmlich, »mein Name ist Severin Kühn.«

Lamparter nickte. »Ich hab schon von Ihnen gehört«, sagte er, gab ihm aber nicht die Hand.

Müllerschön stieg von seinem Hochsitz herunter. Schon auf den letzten Stufen der Eisentreppe rief er: »Weitermachen, Leute! Wir haben einen Liefertermin am 28. Da darf es zu keiner Verzögerung kommen.« Er kam auf Lamparter zu, drückte ihm die Hand. »Willkommen daheim, Georg! Du wirst doch nicht heut schon schaffen wollen?«

Lamparter schüttelte den Kopf. »Ich wollt' nur mal vorbeischauen und den Kollegen alles Gute fürs Neue Jahr wünschen.«

»Kommst heut Abend zum Stammtisch?«, fragte Knäblich.

»Mal sehen.«

Severin Kühn stand daneben und fühlte deutlich, dass er nicht dazugehörte und dass die anderen genau das deutlich machen wollten. Er ging an seinen Arbeitsplatz zurück.

Es wurde schon dunkel. Ein kalter Wind pfiff durch die engen Heimeringer Straßen. Severin Kühn ging zu Fuß in die Johannesgasse. Der Schnee war durch die eisige Kälte an der Oberfläche zu Harsch gefroren, der unter Kühns Tritten immer mal wieder einbrach.

In Gretels Haus schlug ihm eine gemütliche Wärme entgegen. Im offenen Kamin knisterte das Feuer. Sandra und Steffi saßen an dem großen Tisch in der Mitte des Raums, spielten ein Brettspiel und ließen sich durch Severins Begrüßung nur kurz stören. Gretel fand er in der Küche, wo sie das Abendessen vorbereitete. Der *König der Versager* war nicht da.

»Kann ich was helfen?«, fragte Severin.

»Lieber nicht!«, entgegnete die Hausfrau. »Zwei Leute am Herd sind einer zu viel.«

Severin setzte sich auf einen Küchenstuhl, hakte beide Daumen in den Hosenbund und streckte die Beine weit von sich. »Ich glaube, meine Zeit läuft hier ab«, sagte er unvermittelt.

»Wieso das denn?« Gretel legte einen Deckel auf den Kochtopf, in dem ihr Gulasch leise brodelte.

»Ich komme mit den Leuten nicht klar und die mit mir auch nicht. Die sind so abweisend, das kannst du dir gar nicht vorstellen.«

»O doch, das kann ich mir gut vorstellen. Ich kämpfe damit, seitdem ich hier angekommen bin.«

»Ja, davon hab ich gehört.«

»Ach ja?«

»Müllerschön hat es mir gesagt. Die Leute müssen voller Vorurteile sein.«

Nun setzte sich auch Gretel auf einen Küchenstuhl. »Vor allem er und sein Freund der Doktor Hauenstein. Die haben sogar einen Detektiv beauftragt, um mein Vorleben auszuforschen.«

»Ehrlich? Das gibt's doch nicht.«

»Und ob's das gibt! Der Schnüffler muss übrigens tüchtig gewesen sein. Er hat so gut wie alles herausgefunden, womit man mir schaden konnte.«

»Was denn zum Beispiel?«

»Das erzähl ich dir lieber nicht, sonst haust du womöglich auch gleich wieder ab.«

»Quatsch!«

»Mir ging's eine Zeit lang ziemlich schlecht. Ich hatte keinen Boden unter den Füßen und lebte von dem bisschen Geld, das mir Ole manchmal zusteckte. Aber der hatte damals ja selber nicht viel. Unsere Mutter war völlig verarmt und lag auf den Tod im Krankenhaus. Damals habe ich mir ernsthaft überlegt, auf den Strich zu gehen, und bin dabei einer älteren Frau begegnet, die zu einer meiner besten Freundinnen geworden ist.«

»Und wer war das?«

Gretel lachte kurz auf. »Die Chefin des Bordells. Du kannst auch Puffmutter sagen. Vier Monate bin ich auf den Strich gegangen.« Das sagte sie so sachlich, als redete sie über ein Kochrezept.

»Und dann?« Severin gab sich den Anschein, als beeindrucke ihn das Geständnis seiner Gastgeberin nicht.

»Hat mich ausgerechnet die Puffmutter – sie hieß übrigens Veronika, schöner Name, nicht? – also Veronika hat mich zur Vernunft gebracht. Sie hat mir die Karten gelegt und mein Horoskop gestellt, und da sah meine Zukunft plötzlich ganz rosig aus. Auch wenn du nicht an das Zeug glaubst, bist du plötzlich überzeugt davon, dass es stimmt und dass es genauso kommen wird.« Sie stand auf, nahm den Deckel vom Topf und rührte ihr Gulasch kräftig um. »Ist gleich soweit.« Sie ging zur Tür, öffnete sie kurz und rief laut Richtung Wohnzimmer: »Mädels. Ihr könnt den Tisch decken!« Sie schloss die Tür wieder und setzte sich noch einmal zu Severin. »Die Frau hat nicht nur Karten gelegt, aus der Hand gelesen und dein Lebenshoroskop ausgerechnet, vorausgesetzt du hast ihr dein Geburtsdatum ver-

raten und – viel wichtiger – du wusstest deine Geburtsstunde. Das Geschäft mit dem Bordell hatte sie satt und
wollte sobald wie möglich aufhören. Zusammen mit
ihrer älteren Schwester Roswitha, einer Heilpraktikerin, machte sie dann einen Kräuterladen auf, und ich
durfte in Roswithas Praxis und nebenher im Kräuterladen arbeiten. Zwar hab ich da weniger verdient, aber
es war eine anständige Arbeit, verstehst du?«

Sie erhob sich wieder, holte zwei Lappen und nahm
den Topf vom Herd. »Machst du mir mal auf?«

Severin sprang hoch, riss die Tür zum Wohnzimmer
auf und rief: »Das Essen kommt!«

Sie blieben zu viert. Niemand am Tisch machte sich
Gedanken darüber, dass Arthur an diesem Abend nicht
kam. »Für ihn gibt es halt kein geregeltes Leben«, sagte
Gretel.

»Aber es ist doch so kalt draußen«, wandte Steffi ein.

»Er wird im Wirtshaus sein oder beim Pfarrer. Der
Arthur ist auf uns nicht angewiesen.«

Später beschlossen Vater und Tochter, noch einen
kleinen Verdauungsspaziergang durch den verschneiten
Ort zu unternehmen. Gretel und Steffi hatten es übernommen abzuwaschen und in der Küche aufzuräumen.

Die Kälte hatte zugenommen, der Schnee, der von
den Räumfahrzeugen am Rand der Straße aufgetürmt
worden war, glitzerte im Mondlicht, weil die Oberfläche zu Eis gefroren war. »Wie war das denn damals,
als ihr beide so Knall auf Fall abgehauen seid?«, fragte
Severin plötzlich.

»Mama hat gesagt, du hättest mitkommen wollen, seiest dann aber doch lieber in der DDR geblieben. Sie hat immer erzählt, du hättest uns verraten.«

Severin lachte unfroh auf. »Der Verrat lag doch auf ihrer Seite. Ich habe ziemlich schnell erfahren, dass sie schon vor eurer Republikflucht mit diesem anderen Mann ein Verhältnis gehabt hat.«

Sandra legte ihre Hand auf den Arm ihres Vaters. »Ich glaube, Mama tut das alles inzwischen schrecklich leid.«

»Kann sein, aber es betrifft mich nicht mehr.«

»Wirklich nicht?«

Sie gingen dicht nebeneinander. Plötzlich hakte sich Sandra bei ihrem Vater unter. Er drückte ihren Arm fest an seine Seite. »Geht's euch denn gut?«

»Du weißt doch, wie tüchtig Mama ist. Ihre Schneiderei läuft prima.«

»Und dieser Mann?«

»Pfff! Den gibt's schon lang nicht mehr. Wie der sich benommen hat, das glaubste nicht.«

»Will ich auch gar nicht wissen. Und jetzt? Lebt sie mit dir ganz allein?«

»Im Augenblick schon. Ich glaube, Sie würde dich ganz gerne mal wiedersehen.«

»Beruht aber nicht auf Gegenseitigkeit«, knurrte Severin. Den Rest des Weges legten sie schweigend zurück.

Georg Lamparter stand um die gleiche Zeit auf dem Ulmer Bahnhof und trat nervös von einem Bein auf das andere. Der Zug lief mit zehn Minuten Verspätung ein. Lamparter erkannte sie sofort. Sie trug genau die gleiche Winterkleidung wie bei ihrer ersten Begegnung hoch über dem Bodensee. Ihre roten Locken quollen unter der blauen Strickmütze hervor, die sie weit über die Ohren hinuntergezogen hatte. Cornelia blieb vor ihm stehen, setzte ihren kleinen Koffer ab, schlang ihre Arme um seinen Hals, zog ihn zu sich herunter und küsste ihn. Erst dann sagte sie: »Da bin ich!«

»Ja, Gott sei Dank!«, seufzte Georg Lamparter, nahm ihren Koffer hoch und fasste nach Cornelias Hand. »Das Auto steht gleich vor dem Bahnhof!«

Auf der Fahrt nach Heimeringen fragte Cornelia Biesinger: »Hast du mich in einem Hotel untergebracht, oder kann ich bei dir wohnen?«

»Mein Haus ist groß genug.«

Zum Glück waren die Straßen weitgehend vom Schnee geräumt. Georg Lamparter fuhr trotzdem langsam durch das Blautal und hielt in Schelklingen vor einem Lokal, das sich *Forellenhof* nannte und in der ganzen Umgebung für seine Fischgerichte bekannt war. Er hatte einen Tisch bestellt.

Im Auto hatten sie nicht viel gesprochen. Jetzt erzählte Lamparter, wie er an Heiligabend im Haus seines Chefs Weihnachten gefeiert habe, »beziehungsweise nicht gefeiert«, sagte er. »Die haben gedacht, sie müssten mir etwas Gutes tun, damit ich nicht so allein wäre. Aber mehr allein als in dieser Familie konnte ich mich gar nicht fühlen. Ich war froh, als ich endlich wieder nach Hause konnte.«

»Warum war denn das so schlimm?«, fragte Cornelia.

»Weil ich genau gemerkt habe, dass sie sich vorgenommen hatten, gut zu mir zu sein, und weil ich gespürt habe, sie wären viel lieber unter sich gewesen.«

Sie aßen beide Forelle blau mit Salzkartoffeln und Gemüse. Lamparter bestellte sich eine große Flasche Mineralwasser und sagte zu Cornelia: »Es macht mir nichts aus, wenn du ein Glas Wein trinkst.« Aber sie lehnte lächelnd ab. Zum Schluss aßen sie noch einen typisch schwäbischen Nachtisch: Apfelküchle, in Pfannkuchenteig ausgebacken, mit Zimt und Zucker.

Es ging schon auf 22 Uhr abends zu, als sie das Lokal verließen. Cornelia kam es so vor, als wolle Georg die Zeit bis zur Ankunft bei ihm daheim so weit wie möglich hinausschieben. Sie sagte es ihm und fragte: »Ist es nicht so?«

»Doch«, gab er freimütig zu. »Ich weiß halt nicht, wie das wird mit uns beiden.«

»Heute oder überhaupt?«

»Erst mal nur heute.«

Aber als sie das Haus betraten und ihre Mäntel abgelegt hatten, ging alles wie selbstverständlich. Sie tranken noch einen Tee, und schließlich erhob sich Cornelia mit den Worten: »Was ist? Wollen wir ins Bett gehen?«

Sie schenkten sich das Zähneputzen, gingen direkt ins Schlafzimmer und begannen, sich auszuziehen.

Er war schneller. Und Cornelia kroch mit einem tiefen zufriedenen Seufzer zu ihm unter die Bettdecke.

16

Am Dienstag, dem 28. Dezember, hatten die Arbeiter der Müllerschön-Werke den letzten großen Auftrag des Jahres abzuwickeln. Für die nächsten Tage waren nur noch Aufräumarbeiten und die jährliche Inventur angesagt. Gegen 15 Uhr erreichte der Lastwagen mit den Gerüstteilen und der Kleinbus mit neun Mitarbeitern das Städtchen Laichingen. Als die Arbeiter abgeladen hatten, wurde es schon langsam dunkel. Von Westen her schob sich eine dicke schwarze Wolkenwand über die Hochfläche der Schwäbischen Alb. »Der Himmel hängt voller Schnee«, sagte Otto Knäblich.

»Los, Leute, Beeilung!«, rief Severin Kühn den Kollegen zu.

»Er schon wieder«, brummte Fritz Gollhofer, der gemeinsam mit Kevin Beck Laufbretter vom Lastwagen hob. »Spielt sich schon wieder als Chef auf!«

»Du hast doch gehört, dass wir nach seinen Anweisungen arbeiten sollen.«

»Aber nicht auf sein Kommando.«

»Mensch, Leute, Beeilung!«, rief Kühn noch einmal. Er hatte bereits mit drei Kollegen das Stahlgerüst für den Personenschutztunnel aufgerichtet.

»Ich würd' am liebsten hinschmeißen und keinen Strich mehr arbeiten«, rief Gollhofer den Arbeitern zu, die nahe bei ihm standen.

»Der muss bei der Volksarmee drüben Feldwebel gewesen sein«, warf einer ein.

»Los! Hilft ja alles nichts«, rief Kevin Beck.

»Menschenskinder! Wie lange dauert das denn noch!«, schrie Kühn.

Betont langsam stemmten sie die Laufbretter nach oben.

»Treiben Sie die Leut net so an, des möget die net!«, sagte Albert Müllerschön.

»Aber wir haben nicht endlos Zeit!«

»Wir schaffen das schon«, antwortete der Chef. »Zur Not arbeiten wir im Licht der Autoscheinwerfer.«

Eine halbe Stunde später begann der Himmel, seine Schneelast abzuwerfen. Dicht fielen die Flocken. Müllerschön ließ die Scheinwerfer der beiden Fahrzeuge einschalten, deren Licht sich tausendfach in den Schneekristallen brach.

Sie arbeiteten bis kurz nach 20 Uhr am Abend, mit klammen Fingern und halb blind vom Schnee in ihren Augen.

»Na endlich! Geht doch!«, rief Severin Kühn, als der Tunnel schließlich stand.

Gollhofer trat vor ihn hin. »Aber nimmer lang! Das sag ich dir.«

»Was meinen Sie damit?« Außer Luigi Ricci hatte Kühn bislang noch keinem der Männer das Du angeboten.

»Wirst es schon sehen!« Gollhofer wendete sich ab und zündete sich eine Zigarette an.

Severin Kühn sagte nichts dazu. Er stieg ins Führerhaus des Lastwagens, der von Luigi Ricci gesteuert wurde. Die anderen fuhren mit dem Kleinbus zurück.

Der Italiener fuhr langsam. Der nasse Schnee hatte die Straße zu einer Rutschbahn gemacht. Nach einer ganzen Weile sagte er: »Du musst aufpassen. Die Leute sind sauer auf dich.«

»Hab ich gemerkt.« Severin starrte in das Schneegestöber hinaus. Die Straßenführung war kaum zu erkennen.

»Du musst anders mit denen reden«, ließ sich Luigi noch einmal hören.

Severin Kühn antwortete nicht mehr. Bis nach Heimeringen schwieg er verbissen. Luigi setzte ihn vor dem *Goldenen Ochsen* ab.

In der Gaststube wartete Sandra auf ihren Vater. »Ich könnte mir nicht vorstellen, hier zu leben«, sagte sie, kaum dass sich Severin gesetzt hatte, »so schön es auch bei der Gretel ist.«

»Mir geht es eigentlich genauso«, antwortete ihr Vater. »Vielleicht bin ich schon bald wieder in Berlin.«

»Das wäre toll. Mama will auch wieder zurück.«

Überrascht schaute Severin auf. »Davon hast du noch gar nichts erzählt.«

»Ich hab mich irgendwie nicht getraut.«

»Warum denn nicht?«

Nur zögernd rückte Sandra damit heraus: »Na ja, sie muss ja erst mal eine Bleibe finden, und da hat sie gedacht: Jetzt, wo die Wohnung in der Oderbergerstraße leer steht …«

»Was denn? Meine Wohnung?« Severin war so laut geworden, dass ein paar Gäste von den anderen Tischen herüberschauten.

»Wenn du hier bleiben würdest …« Weiter sprach die Tochter nicht.

Severin schüttelte den Kopf. »Also da gehört schon was dazu, sich so etwas auszudenken.«

»Mama tut es halt auch unheimlich leid, dass sie dich damals im Stich gelassen hat.«

»Im Stich gelassen« – Severin dachte über die Formulierung seiner Tochter nach. War es denn so gewesen? Hatte nicht vielmehr er Ilona im Stich gelassen? Oft schon hatte er darüber nachgedacht, seitdem das Mädchen nach Heimeringen gekommen war, wie wenig er auf die Ideen und Wünsche seiner Frau damals eingegangen war. Immer hatte es Gründe gegeben, Ilonas Vorschläge abzuschmettern, weil ihn der *VEB Gerüstbau* zwölf Stunden am Tag gefordert hatte. Immer hatte er weit mehr geleistet, als für die Norm gefordert worden war – stets darauf bedacht, noch besser, noch erfolgreicher zu werden, vor allem gegenüber der Konkurrenz aus dem Westen. Und was war nun draus geworden?

Sandra sah in das Gesicht ihres Vaters. »Was ist denn los?«

Er winkte ab. »Ich musste grade über etwas nachdenken.«

»Und über was?«

»Nicht wichtig.«

»Hör endlich auf, mich wie ein Kind zu behandeln. Ich sehe es doch in deinem Gesicht, dass dich etwas quält, Papa!«

Severin Kühn nahm einen langen Schluck aus seinem Bierglas und setzte es so behutsam wieder ab, als wäre es zerbrechlich. »Ich hab drüber nachgedacht, was alles falsch gelaufen ist.«

»Was alles falsch gelaufen ist, oder was du alles falsch gemacht hast?«

Überrascht sah er ihr in die Augen. Dann nickte er. »Eigentlich letzteres.«

»Und?«

»Es lohnt sich nicht. Man kann ja nichts rückgängig machen. Wie sagt deine Mutter: Hinfallen, aufstehen, Krone richten, weitermachen.«

»Würdest du sie denn gerne wiedersehen?«

»Wen?«

»Papa!«

»Nein, Sandra. Das hast du mich schon mal gefragt. Aber es hat sich nichts geändert. Das alles ist lange vor-

bei, und ich bin froh, dass es irgendwann einmal aufgehört hat wehzutun.«

Nach dem Abendessen begleitete er seine Tochter
zum Haus der Kräutergretel.

17

Severin Kühn war wieder einmal der Erste in der Fabrikhalle. Er stieg auf eine hohe Bockleiter und zog ein Metallrohr hinter sich her. Einen Eimer mit Sand hatte er schon auf die oberste Stufe gestellt. Mit einem Becher füllte er Sand in den Hohlraum der Eisenstange, die er unten abgedichtet hatte. Er wollte das Rohr später in der Glut des Schweißfeuers biegen, sobald dessen Hitze groß genug war. Nach und nach trafen die Arbeiter ein. Als um 7 Uhr der Gong zum Beginn der Arbeitszeit ertönte, war die Mannschaft vollzählig. Im gleichen Augenblick – Severin stand noch immer hoch auf der Leiter – stürmte Müllerschön in die Halle. »Alle mal herhören, auch die …« Er unterbrach sich. »Eine Katastrophe!«, schrie er, »es ist eine Katastrophe! Kühn und drei Mann zu mir. Knäblich, Luigi, Beck!«

Severin stieg rasch die Sprossen der Leiter hinunter und legte das mit Sand gefüllte Rohr flach auf den Boden. »Was ist denn passiert?«

»Der Schutztunnel in Laichingen! Zusammengebrochen! Vermutlich unter der Schneelast!«

»Das kann nicht sein. Da müsste schon ein Meter oder mehr liegen.«

»Es ist aber passiert!«, brüllte Müllerschön. »Los, wir nehmen den Transporter!« Damit rannte er schon zum Ausgang. Kevin Beck, Otto Knäblich und Luigi Ricci folgten. Als die Tür hinter Kühn, der als Letzter hinausrannte, ins Schloss gefallen war, sagte Karl Schmied, der aus seinem kleinen Büro gekommen war: »Jaja, die geniale Erfindung des Herrn Kühn. Jetzt hent mir da Dreck!«

Luigi saß am Steuer des VW-Transporters, Müllerschön neben ihm, dahinter Knäblich und Beck und auf der zweiten Rückbank Severin Kühn alleine.

»Wir haben noch drei von den Dingern aufgestellt«, meldete sich der Fabrikant etwas ruhiger. »Die müssen alle überprüft werden.«

»Ist denn jemand zu Schaden gekommen?«, fragte Knäblich.

»Zum Glück nicht. Eine Frau ist schon ganz früh heute Morgen mit einem Kinderwagen zu ihren Eltern unterwegs gewesen. Sie war grade durchgegangen, da ist sie ins Rutschen gekommen und hat sich an einer Gerüststange abgefangen. In dem Augenblick muss der Tunnel zusammengebrochen sein.«

Nach Laichingen waren es normalerweise 30 Minuten, Luigi schaffte es in 23. Die fünf Männer stiegen aus.

Die Unfallstelle war mit weiß-roten Bändern abgesperrt. Zwei Polizisten standen frierend dabei. Ein paar neugierige Passanten diskutierten auf der anderen Straßenseite. Die Schutzpassage war exakt in der Mitte zusammengebrochen. Zwei breite Dielenbretter standen wie ein Keil zwischen den noch vollständigen Laufbrettern.

Severin Kühn schob sich an den anderen vorbei und ging in die Hocke. Mit bloßen Händen durchwühlte er den Schnee. Als er wieder aufstand, hatte er die Mutter einer Schraubverbindung auf der flachen Hand und hielt sie Müllerschön unter die Nase. »Da ist nichts gebrochen«, sagte er. »Die Verbindung wurde aufgeschraubt. Das ist Sabotage, Herr Müllerschön.«

»Jetzt red dich bloß nicht raus!«, rief Kevin Beck. »Deine ganze Konstruktion taugt nix!«

Knäblich trat hinzu und nahm die Schraubenmutter in die Hand. »Er hat recht! Dass einer so blöd ist und das so offensichtlich macht!«

»Was erzählen Sie da?«, fragte einer der Polizisten.

»Es liegt nicht an der Konstruktion«, antwortete Müllerschön rasch. »Da muss einer beim Verschrauben nachlässig oder vergesslich gewesen sein. Wir reparieren das.« Er selbst begann, die Bretter mit einem Besen aus dem Transporter vom Schnee zu befreien. Luigi stieg auf den Tunnel und legte die Stahlrohre, die die Querverbindung bildeten, in die Manschetten. Knäblich und Beck wuchteten die Bretter hoch und legten sie auf. Danach begann der Italiener, die Rohre zu verschrauben. »Das hält bombensicher«, rief er, stand auf und hopste ein paar Mal mit geschlossenen Füßen auf und ab.

»Los, Männer!«, befahl Müllerschön. Die vier anderen stiegen nun ebenfalls hinauf und stellten sich dicht nebeneinander auf die Stelle, die eingebrochen war. Auch sie sprangen ein paar Mal auf und ab. Einer der Polizisten rief von unten. »Wenn die Schraube absichtlich gelöst worden ist, dann müssen wir das auf jeden Fall protokollieren.«

Müllerschön stieg als Erster wieder hinab. Er musste sich einen Moment an dem Gerüst stützen. Sein Gesicht war schweißüberströmt, und sein Atem ging kurz. »Also das hat keiner absichtlich gemacht. Es ist ein Versehen. In den letzten Tagen standen wir so unter Stress, da muss es passiert sein. Unverzeihlich natürlich.«

»Eigentlich meine Schuld«, sprang Severin Kühn ein, »ich hätte jede Schraubverbindung noch mal überprüfen müssen, aber ich bin halt nicht mehr dazu gekommen. Tut mir verdammt leid!«

Knäblich trat neben Müllerschön und fragte besorgt: »Alles okay, Chef?«

Der Fabrikant nickte nur, zog ein Taschentuch heraus und wischte sich den Schweiß ab.

Der Polizist sah Severin Kühn aus zusammengekniffenen Augen an. »Sie haben vorher von Sabotage gesprochen.«

»Na ja, in der ersten Aufregung. Aber unser Chef hat natürlich recht: Es muss ein dummes Versehen gewesen sein. Ich bin so froh, dass niemandem etwas passiert ist.«

»Der Herr Kühn hat diesen Fußgängerschutztunnel entwickelt«, erklärte Müllerschön noch immer etwas außer Atem. »Das System gibt es in Berlin schon länger. Es ist TÜV-geprüft. Also an der Konstruktion liegt's nicht.«

Es dauerte einige Zeit, bis der Beamte die Aussagen zu Papier gebracht hatte. Jetzt las er sie den Umstehenden nochmal vor und ließ Müllerschön und Kühn unterschreiben.

Danach fuhren die fünf Männer noch bei den anderen Schutztunneln vorbei, um sie zu kontrollieren. Einen weiteren Fehler konnten sie nicht feststellen. Es war schon 14 Uhr, als sie endlich in die Firma zurückkamen. Severin Kühn hatte auf der ganzen Kontrollfahrt kein einziges Wort gesprochen.

18

Arthur Binzwanger, der *König der schwäbischen Versager*, war nun schon zwei Tage und zwei Nächte nicht mehr aufgetaucht. »Dass der einfach so grußlos abhaut, passt gar nicht zu ihm«, sagte Gretel Petersen. Zudem lag noch seine wenige Habe, die er in einem Rucksack verwahrt hatte, in dem Zimmer unterm Dach.

Sie zog sich zurück, legte die Karten, befragte das Horoskop, aber da waren keinerlei Anzeichen für den Verbleib Binzwangers.

Skiwanderer fanden ihn nicht weit von den Windrädern auf dem Schinderbuckel in einer Kuhle, fast gänzlich mit Schnee bedeckt. Er war erfroren. Ein menschlicher Eisblock. Neben ihm lag, von Eis überzogen, eine leere Weinflasche. In seiner Jacke fand sich das Büchlein mit seinen Gedichten. Das letzte lautete:

Wenn es am schönsten ist, dann geh,
Was jetzt noch kommen kann, tut nur noch weh.

So leg ich mich aufs letzte kalte Lager,
Ich, Arthur, König der Versager.

Der Tod des alten Mannes sprach sich im Dorf herum wie ein Lauffeuer. »Wer weiß, was da vorgefallen ist zwischen dem und dieser Kräuterhexe«, raunten sich die Menschen zu.

Der Bauer Kleinlein wusste, in manchen Hochtälern der Schweiz sei es üblich, dass sich alte Männer, die sich unnütz fühlten, im Winter mit einer Flasche *Dôle* oder *Fendant* in die Berge verziehen und in einer Gletscher-spalte oder auch auf freiem Fels ihren letzten Schluck nähmen, um danach in Ruhe zu warten, dass sie erfro-ren. Es werde behauptet, dies sei ein angenehmer Tod.

Die Menschen im Dorf waren dem seltsamen Alten aus dem Weg gegangen. Sie hatten ihm meist nicht geantwortet, wenn er sie freundlich angesprochen hatte. Wie ein Aussätziger sei er behandelt worden, sagte die Wirtin Thekla Schaible, die ihn stets freundlich bedient hatte, wenn er in ihre Gaststube gekommen war, und die dafür manchen Rüffel ihrer Stammgäste hatte ein-stecken müssen.

Da man keine Angehörigen fand und Arthur Bin-zwanger keinen festen Wohnsitz hatte, wurde er an Sil-vester 1993 auf dem Friedhof hinter der Heimeringer Kirche begraben.

Auf dem kleinen Gottesacker ging es eng zu. Die Gräber lagen dicht beieinander. Doch die frisch ausge-hobene Grube fand sich in einem abgelegenen Winkel, wo unter einer dünnen, kränklichen Birke bereits ein einzelnes ungepflegtes Grab lag – die letzte Ruhestätte eines Selbstmörders, den jeder im Dorf gekannt hatte.

Viele Menschen waren gekommen, die meisten, so schätzte Severin Kühn, aus Neugierde, manch einer vielleicht auch wegen seines schlechten Gewissens. Es war ein grauer Tag. Die Wolken hingen tief über der Schwäbischen Alb. Feiner Schnee fielen vom Himmel.

Die Beerdigung des katholischen Königs leitete der evangelische Pfarrer, der ihn einst als Erster im Dorf begrüßt hatte. Er sollte später einen schweren Verweis der Kirchenleitung dafür bekommen, dass er einen Katholiken und zudem einen Selbstmörder christlich unter die Erde gebracht hatte. Gelassen antwortete er darauf: »In diesem Fall fühlte ich mich dem alten Mann verpflichtet und dem lieben Gott!« Und während seiner kurzen Predigt sagte er: »›Was ihr dem geringsten meiner Brüder getan habt, das habt ihr mir getan‹, spricht Jesus. Man könnte auch sagen: Was ihr dem geringsten meiner Brüder angetan habt, das habt ihr mir angetan. Jeder suche bei sich selbst die richtige Deutung!«

Der schlichte Kiefernsarg wurde langsam in die Erde versenkt. »Asche zu Asche, Staub zu Staub«, rief der Pfarrer und sprach das Vaterunser, das die meisten Leute eher verschämt mitmurmelten.

Danach trat Severin Kühn an den Rand des Grabes, setzte seine Trompete an die Lippen und blies *Il Silencio*. Es klang hell und klar. Hoch schwangen sich die Töne in die winterliche Luft. Die Menschen auf dem Friedhof, die sich teils schon abwenden wollten, blieben wie erstarrt stehen. Bei einigen stahlen sich Tränen in die Augen, und manch einem kroch eine Gänsehaut über den Rücken. Einen solchen Klang hatten sie noch nie gehört.

Zum Leichenschmaus hatte Gretel Petersen eingeladen. Es gab für solche Anlässe im *Goldenen Ochsen* ein kleines Nebenzimmer. Aber außer Gretel, ihrem Bruder Ole, Severin, Sandra und Steffi war nur noch Luigi gekommen. Etwas später stieß der Pfarrer zu der kleinen Trauergemeinde hinzu. »Aber nur kurz«, rief er beim Hereinkommen, »ich muss meine Silvesterpredigt nochmal durchschauen.«

Thekla Schaible, die Wirtin, hatte einen *Gaisburger Marsch* vorbereitet, eine schwäbische Spezialität aus Fleischbrühe, Siedfleisch, Spätzle, Kartoffeln und geschmälzten Zwiebeln. Sie servierte erst, als der Geistliche Platz genommen hatte. Er sprach ein schlichtes Tischgebet, dann begannen sie zu essen.

»Die ganze Zeit schon denke ich darüber nach, ob ich den Selbstmord Arthurs hätte verhindern können«, sagte Severin Kühn.

Der Pfarrer meinte: »Wäre er doch zu mir gekommen in seiner Not.«

»Ich glaube, dass er genau das nicht wollte«, meldete sich Ole. »Er hatte sich fest vorgenommen, Schluss zu machen, und gleichzeitig hatte er Angst davor, es könnte ihn noch jemand davon abbringen. Deshalb ist er uns allen aus dem Weg gegangen.«

»Aber er war doch eigentlich ein lebensfroher Mensch«, meinte Sandra, »mindestens kam er mir so vor.«

»Es war eine seiner vielen Rollen«, sagte Severin.

Draußen in der Gaststube hatten sich die Stammtischbrüder um Otto Knäblich, den Lehrer Timo Frohnlechner, Karl Schmied und Kevin Beck versammelt. Sie waren alle auch auf dem Friedhof gewesen und gingen nun, jeder auf seine Weise, der Frage aus dem Weg, warum sie an der Beerdigung dieses fremden Menschen teilgenommen hatten. Sie hätten zugeben müssen, dass es eine Art Sensationsgier war. Im Lauf der nächsten Stunde wurde es immer lauter am Stammtisch, während die Gäste im Nebenzimmer immer stiller wurden.

Sie hatten ihr einfaches Essen gerade beendet, als Timo Frohnlechner nach kurzem Anklopfen hereinkam. »Störe ich?«

»Nein, setzen Sie sich zu uns«, sagte Gretel und fügte mit einem hintergründigen Lächeln hinzu: »Wenn Sie sich trauen.«

Frohnlechner nahm Platz. Die Wirtin kam und stellte ihm sein halb leeres Bierglas hin.

»Ich … äh …, also wir … wir waren alle überrascht, wie toll Sie Trompete spielen«, wandte sich der Lehrer an Severin Kühn.

»Danke«, erwiderte der knapp und schob seinen leeren Teller von sich.

»Unser Musikverein … haben Sie schon von ihm gehört?«

Severin nickte nur.

»Also der könnte einen Musiker wie Sie gut gebrauchen. Herr Müllerschön hat uns zudem erzählt, dass Sie schon manchmal dirigiert haben, und wir suchen dringend einen Dirigenten.«

»Sind Sie der Vorsitzende?«

»Nein, das ist Georg Lamparter, aber ich bin der Schriftführer des Vereins und spiele Klarinette.«

Severin Kühn schwieg. Ein paar Augenblicke war es still rund um den Tisch. Schließlich sagte Frohnlechner: »Sie können ja vielleicht mal bei einer Probe vorbeischauen.«

»Und wann ist die?«

»Immer donnerstags um 19 Uhr in der Turnhalle der Schule.«

»Ist denn Ihr Vorsitzender damit einverstanden?«

»Ich werde ihn fragen. Aber ich sehe da kein Problem.«

Frohnlechner stand auf. »Also dann!« Er blieb noch einen Augenblick an der Tür stehen, aber da niemand mehr weiter auf ihn achtete, verließ er leise das Nebenzimmer und kehrte an den Stammtisch zurück.

»Und? Wirst du hingehen?«, fragte Sandra ihren Vater.

Severin schüttelte den Kopf. »Da müsste vorher noch einiges passieren. Die müssen mich im Betrieb akzeptieren, und nicht in ihrer Blaskapelle.«

Den Jahreswechsel erlebten sie vor Gretels Häuschen. Über dem Kirchplatz stiegen Raketen auf und zerplatzten in bunten Kugeln hoch am Himmel. Die Glocken läuteten zehn Minuten lang.

Sie sahen nur kurz zu und verkrochen sich dann wieder in der warmen Stube. Noch vor 1 Uhr herrschte Ruhe, und das Dorf fiel in den Schlaf.

Gretel bot Severin an, auf dem Sofa im Wohnzimmer zu übernachten, um sich den Weg durch die Nacht und die Kälte zu ersparen. »Aber ist das nicht der Platz von Ole?«, fragte Severin.

»Ich muss eh noch bei meinen Schafen vorbei und ihnen ein gutes Neues Jahr wünschen«, sagte der Hirte. »Und danach verzieh ich mich in meinen Wagen.«

»Dann nehme ich dankend an.«

Als er sich gerade hingelegt hatte, kam Gretel noch einmal herein und brachte eine zusätzliche Wolldecke, die sie über ihn breitete.

»Ich gehe zurück nach Berlin«, sagte Severin.

Gretel setzte sich ans Fußende seines improvisierten Bettes. »Das ist nicht dein Ernst.«

»Und ob es mein Ernst ist.« Er erzählte ihr von dem Arbeitseinsatz in Laichingen. »Das war kein Versehen, das war Sabotage. Ich hatte alles noch einmal überprüft, bevor wir nach dem Aufbau des Tunnels weggefahren sind. Da war keine Schraube locker.«

»Und warum hast du das nicht gleich der Polizei gesagt?«

»Ich wollte Müllerschön nicht in Schwierigkeiten bringen. Stell dir vor, was passiert, wenn da ein Staatsanwalt Ermittlungen veranlasst.«

»Und du willst das einfach so stehen lassen und dich verdrücken?«

»Es ist das Beste für alle.«

»Für mich nicht!«

»Wie bitte?«

»Ich fange grade an, mich an dich zu gewöhnen, da kannst du nicht einfach wieder verschwinden.« Sie beugte sich zu ihm hinab, hauchte ihm einen Kuss auf die Stirn und ging rasch hinaus.

Im *Goldenen Ochsen* ging es bei der Silvesterfeier lauter zu als im Holzhaus der Kräutergretel. Zu den Männern um Frohnlechner und Knäblich waren nach dem Gottesdienst die Frauen hinzugekommen. Die Wirtin hatte ihrer Gaststube eine dürftige Dekoration aus bunten Ballons und Luftschlangen verpasst. Aus der Musikbox erklangen Schlager zum Mitsingen. Bevor man um Mitternacht ins Freie trat, um das spärliche Feuerwerk zu betrachten, schenkte Thekla Schaible allen Sekt ein. Die Kirchturmuhr schlug zwölf Mal, die Menschen vor dem Gasthof fielen sich nacheinander in die Arme und wünschten sich ein gutes Neues Jahr.

Jetzt sei es Zeit für ein paar deftige Silvesterscherze, verkündete der angetrunkene Fritz Gollhofer, und vor allem Kevin Beck stimmte ihm lauthals zu. Ein paar der Männer machten sich auf den Weg, während die anderen in den *Goldenen Ochsen* zurückkehrten.

Georg Lamparter und Cornelia Biesinger hatten den Abend über auf der Couch gesessen und das Programm im ZDF angeschaut. »Mein erstes Silvester ganz ohne Alkohol!«, sagte Georg.

»Meins auch«, antwortete Cornelia. »Aber er fehlt mir nicht.«

Zehn Minuten nach Mitternacht lagen sie schon eng beieinander im Bett.

Der Neujahrsmorgen überraschte die Menschen auf der Schwäbischen Alb mit einem klarblauen Himmel. Klirrender Frost hatte gegen Morgen das Land überzogen. Durch viele Fenster konnte man wegen der Eisblumen nicht nach draußen sehen.

Gegen 10 Uhr kam Severin Kühn im Holzhaus der Kräutergretel aus dem Badezimmer. Seine Tochter Sandra schlief noch. Doch Gretel war schon seit dem frühen Morgen auf den Beinen und hatte ein üppiges Frühstück vorbereitet.

Severin setzte sich zu ihr an den Küchentisch.

»Was du da gestern erzählt hast …«, hob Gretel an, unterbrach sich aber.

»Was meinst du?«

»Dass du nach Berlin zurückwillst.«

»Ja, was ist damit?«

»Du solltest dir das nochmal überlegen. Was erwartet dich denn dort?«

»Jobs gibt's genug, mach dir da keine Sorgen. Alles andere findet sich dann.«

»Soll ich mal nachschauen?«

»Wie nachschauen?«

»Dein Horoskop stellen, die Karten legen.«

»Vergiss es!«

»Wann bist du geboren?«

»Am 9. November 1951.«

»Weißt du deine genaue Geburtsstunde?«

»Nein.«

»Wie soll ich denn dann dein Horoskop errechnen?«

»Gar nicht! Sag ich doch.« Er erhob sich, und weil ihm seine harsche Reaktion leidtat, sagte er in versöhnlichem Ton: »Ich glaube einfach nicht an solche Sachen. Weißt du, ich bin Skorpion, und Skorpione sind skeptisch.«

Gretel musste einen Moment nachdenken, bevor sie loslachte.

Kurze Zeit später brachte sie ihren Gast zur Tür. Sie fuhr kurz mit der Hand über seine rechte Wange. »Du wirst mir fehlen, wenn du tatsächlich wieder gehst.«

Vor dem Gasthof *Zum Goldenen Ochsen* parkte der Mercedes von Albert Müllerschön. Der Fabrikant stand neben der Limousine und rauchte. »Wenn Sie Ihren Trabi suchen ...«

»Bitte? Guten Morgen erst mal und ein gutes Neues Jahr, Herr Müllerschön.«

»Ja, danke, auch für Sie, wie gesagt ...« Er sprach nicht weiter, sondern zeigte zu der eisverkrusteten Krone der mächtigen Kastanie hinauf, die auf dem Platz vor der Gaststätte stand.

Severin Kühn dreht sich um. Hoch oben hing sein Trabi in einer Astgabel.

»Kleiner Silvesterscherz, Herr Kühn.«

»Aha. So nennen Sie das?«

»Das ist eine alte Tradition bei uns. Des darf mr net übelnehme, gell. Des Autole holen wir nachher wieder runter. Ich hab das mit der Feuerwehr schon besprochen, gell. Die unterstütze ich jedes Jahr mit einer ansehnlichen Summe. Aber jetzt lad ich Sie erst mal zum Frühschoppen ein. Kommen Sie!«

Severin Kühn stand noch immer bewegungslos da und starrte zu seinem Auto in der Baumkrone hinauf.

»Los, kommen Sie!«

Severin löste sich aus der Erstarrung und folgte Müllerschön in die Wirtschaft. »Die anderen kommen erst gegen 11.30 Uhr«, sagte Müllerschön. »Aber vorher wollt ich noch was mit Ihnen besprechen.« Er strebte zu einem Zweiertisch in einer Nische hinter der Theke, setzte sich und deutete auf den Stuhl gegenüber. »Haben Sie schon gefrühstückt?«

»Ja, gut und reichlich. Ich hab ja Besuch von meiner Tochter.«

»Ach was? Das wusste ich ja gar nicht.« Es klang wie der Vorwurf eines Mannes, der gewohnt war, über alles sofort informiert zu sein. Neugierig sah er sich um. »Wo ist sie denn?«

»Sie wohnt bei Frau Petersen.«

»Bei der Kräutergretel? Ja, hat das sein müssen? Hat die Thekla kein Zimmer mehr gehabt?«

»Frau Schaible war ja über die Feiertage weg.«

»Ach so lang ist Ihr Töchterle schon da?«

Kühn antwortete nicht darauf. Die Wirtin trat an den Tisch. »Ich hab gar nix davon gemerkt, dass die Ihr Auto in den Baum naufzogen haben«, sagte sie entschuldigend. »Was darf ich bringen?«

Müllerschön bestellte ein Bier und zwei Paar Weißwürste. »Wir sind ja hier nicht so weit von Bayern, gell«, erklärte er.

»Ich hätte gerne eine Tasse Kaffee«, sagte Severin.

»Also passet Se auf«, fing Müllerschön an, als die Wirtin wieder weg war. »Ich hab mir folgendes überlegt: Ich muss Ihnen ja unheimlich dankbar sein, gell.«

»Warum denn?«

»Na ja, die Sache mit dem eingestürzten Fußgängerschutztunnel. Echt klasse, wie Sie reagiert haben.«

»Da kann immer noch was nachkommen«, sagte Severin.

Müllerschön schüttelte seinen dicken Kopf. »Nein, nein, da kommt nix mehr, des ischt scho geregelt. Ich hab gestern noch mit a paar Leut telefoniert.«

»Aber es war doch eindeutig Sabotage.«

»Na ja, die einen sagen so, die anderen sagen so. So oder so, die Sache ist, wie gesagt, erledigt.«

»Sie wissen, wer's gemacht hat?«

»Das will ich gar nicht wissen, Herr Kühn. Aber sollte so etwas noch amal vorkommen, werde ich knallharte Konsequenzen ziehen, das verspreche ich Ihnen, gell.«

Severin Kühn sah den Unternehmer sprachlos an. Der lachte. »Ja, gucket Se net so. Alles ist besser als ein Prozess. Auf hoher See und vor Gericht stehst du in Gottes Hand, und genau das werde ich vermeiden, wo immer es geht.«

»Aber man muss den Täter doch zur Rechenschaft ziehen.«

»Ja, des saget Sie! Ich sag: Man muss die Verdächtigen im Auge behalten, und eines kann ich Ihnen versprechen, wer immer es war, der wird in nächster Zeit ganz degemäßig sein.«

»Degemäßig?«

»Des ischt schwäbisch und bedeutet so etwas wie brav, unterwürfig, darauf bedacht, keinen Fehler zu machen.«

»Und dabei lassen Sie es bewenden?«

»Ja, genau, dabei lass ich es bewenden. Und jetzt was anderes: Des Autole da draußen im Baum, das vergessen Sie. Sie kriegen von mir einen Firmenwagen, mit dem Sie sich auch sehen lassen können.«

Kühn wollte protestieren: »Aber …«

Müllerschön stoppte ihn mit einer energischen Handbewegung. »Keine Widerrede! Das Auto haben Sie verdient. Der VW-Golf wird morgen geliefert. Der Autohändler ist mir sehr verbunden.«

Die Wirtin brachte die Weißwürste, das Bier und den Kaffee. »Und jetzt für jeden von uns zwei noch a Schnäpsle, damit wir wenigstens a kleins bissle anstoße könnet auf unsere gemeinsame Zukunft, gell«, sagte Müllerschön fröhlich.

Severin Kühn war fassungslos. Ganz offenbar verfügte Albert Müllerschön über eine Macht, die jener der Partei in der aufgelösten beziehungsweise von der Bundesrepublik übernommenen DDR mindestens ebenbürtig war.

19

Severin Kühn brachte seine Tochter Sandra und Stefanie, die denselben Zug erreichen musste, mit dem neuen Auto zum Hauptbahnhof nach Ulm. Er hatte sich dafür einen Tag freigenommen.

Auf dem Bahnsteig umarmten sich Vater und Tochter.

»Was kann ich denn Mama nun sagen?«

»Was meinst du?«

»Könntet ihr euch denn vielleicht nicht mal wiedersehen?«

»Dafür gibt's eigentlich keinen Grund ...«

»Und uneigentlich?«

»Wenn sich's ergibt, warum nicht? Aber ich würde mich jetzt nicht darum bemühen.«

Stefanie war zur Seite gegangen, um das vertraute Gespräch der beiden nicht zu stören.

»Warten wir's einfach ab«, sagte Severin bewusst unbestimmt.

Der Zug fuhr ein. Severin half den beiden Mädchen noch, ihr Gepäck in den Wagen zu bringen, stieg rasch wieder aus, blieb auf dem Bahnsteig stehen und winkte, bis der Zug am Horizont verschwunden war.

Wieder in Heimeringen, holte er seine kleine Habe aus dem Gasthof und brachte sie zu Gretel Petersen in die Johannesgasse. Er hatte mit ihr ausgemacht, das Zimmer zu übernehmen, das Arthur Binzwanger zuletzt bewohnt hatte. Den Trabi hatte er inzwischen auf dem Firmengelände der Müllerschön-Werke abgestellt. Demnächst wollte er nach Berlin fahren, um ihn abzumelden.

Als er am darauffolgenden Morgen in den Betrieb kam, sah er überrascht, dass das geplante Traktorführerhaus fast fertig hinter den Schweißfeuern stand. Drei Arbeiter waren dabei, eine stabile Plane über das Stahlrohrgerippe zu ziehen. Müllerschön, der Kühn schon beim Hereinkommen entdeckt hatte, kletterte die steile Treppe von seinem Büro herunter und kam ihm entgegen. »Sie sehen, es funktioniert. Und ich hab auch schon alles kalkuliert: Wir können die Dinger für 899 Mark verkaufen und verdienen 300 daran. Nicht schlecht, gell?«

Kühn nickte nur. Was sollte er sagen? Wie sehr er sich darüber ärgerte, dass dies alles geschehen war, während er nur einen Tag abwesend war? Das wäre lächerlich gewesen. Die Männer hatten ja exakt nach seinen Plänen gearbeitet.

Die zweite Überraschung erwartete ihn an seinem Arbeitsplatz hinter der Trennwand. Dort standen jetzt zwei Schreibtische zu einem Block zusammengestellt. An einem saß Georg Lamparter, der offensichtlich dabei war, die Inventarlisten durchzugehen – eine Aufgabe, die sich Severin für diesen Tag vorgenommen hatte.

Georg Lamparter stand auf und reichte Severin Kühn fast feierlich die Hand. »Guten Morgen, und auf gute Zusammenarbeit.«

»Danke! Die wünsche ich mir auch«, antwortete Severin.

Lamparter blieb stehen. »Der Chef möchte, dass wir gleich zusammen zu ihm ins Büro kommen.«

Als sie gemeinsam die Eisentreppe hinaufstiegen, verfolgten alle Mitarbeiter in der großen Halle die beiden mit ihren Blicken.

»Das wird spannend«, sagte Kevin Beck zu Fritz Gollhofer, der die Schweißerbrille auf die Stirn geschoben und seinen Brenner ausgeschaltet hatte.

»So oder so, lang kommandiert der Kühn uns nimmer rum, sag ich dir.«

»Ich weiß nicht, der ist zäh. Und der Lamparter kann sich doch gegen den nicht durchsetzen.«

»Aber da sind wir ja dann auch noch da!«, trumpfte Gollhofer auf.

Knäblich hatte den kleinen Diskurs gehört. »An eurer Stelle dät ich's Maul net zu weit aufreißa. Ihr wisst genau, dass ihr keine guten Karten habt.«

Müllerschön bat Kühn und Lamparter', Platz zu nehmen. »Ich red nicht lang drum rum, gell«, begann er. »Georg Lamparter ist und bleibt Betriebsleiter, und der Herr Kühn mit seinen besonderen Begabungen wird Leiter der Konstruktionsabteilung. So hab ich mir das überlegt.«

Kühn lächelte: »Und die Konstruktionsabteilung besteht ...«

»Erst einmal nur aus Ihnen«, nahm ihm Müllerschön das Wort aus dem Mund. »Zudem mach ich Sie zum stellvertretenden Betriebsleiter. Und jetzt will ich wissen, ob Sie beide damit einverstanden sind.«

Lamparter nickte, Kühn hob die Schultern und sagte: »Warum nicht?«

»Ich will keine Rivalitäten, dass das klar ist, gell.«

Kühn und Lamparter sahen sich an. »Klar, Chef«, sagte Lamparter.

»An mir soll's nicht liegen«, kam es von Kühn.

»Gut. Dann kannst du weiterschaffen, Georg, und mit Ihnen, Herr Kühn, möcht' ich noch ein persönliches Wort reden.«

Lamparter verließ den Glaskasten und stieg die Treppe hinunter. Severin, der schon aufgestanden war, setzte sich wieder und sah Müllerschön fragend an.

»Ich hab gehört, Sie sind zu der Kräuterhex gezogen.«

»Ja, und?«

»Ich hab Sie gebeten, sich von dem Weib fernzuhalten, Herr Kühn.«

»Aber das ist ja wohl meine persönliche Angelegenheit.«

»Schon. Aber hier, in unserem Dorf, hängt alles irgendwie zusammen.«

Severin Kühn sagte nichts dazu, sondern versuchte, mit seinen Augen Müllerschöns Blick festzuhalten. Der allerdings starrte an die Decke und hob zwei Mal ruckartig die Schultern bis zu den Ohren. »Alle Leut um mich rum meiden diese Person.«

»Ich nicht«, sagte Severin schlicht. »Ich schätze Frau Petersen.«

»Au des no!«, verfiel der Chef ins Schwäbische. Er erhob sich. »Na gut, ich hab's Ihnen gesagt.«

Severin Kühn stand auf. »Und ich hab's gehört.«

Schon wenige Tage nach der Unterredung hatte sich Severin mit Georg Lamparter verabredet. Zuvor hatte er ein langes Gespräch mit Ole Petersen bei ein paar Gläsern *Trollinger*, den Severin mitgebracht hatte, in dessen gemütlichem Schäferkarren geführt. »Bei uns im Osten waren wir immer ein Kollektiv, und hier – so scheint es mir manchmal – kämpft jeder gegen jeden«, hatte Severin gesagt.

Ole hatte genickt. »Ja, natürlich gibt es hier mehr Konkurrenz. Das liegt am ganzen System. Aber am Ende müssen sich die Menschen doch zusammenraufen. Allzu lange Rivalitäten hält keiner durch, oder er muss ein verdammt verbohrter Mensch sein. Und am Ende wird er krank. Mach dem Lamparter ein Friedensangebot, lass ihm seinen Raum, respektiere ihn, dann wird das schon gehen.«

Zwar hatte Kühn seine Zweifel, aber er hatte sich dann doch dazu entschlossen, den Kollegen in ein Lokal nach dessen Wahl zu einem Abendessen einzuladen. Lamparter schlug den *Forellenhof* in Schelklingen vor. Er werde fahren. Schließlich trinke er ja keinen Tropfen Alkohol, und dabei wolle er auch bleiben.

Sie fuhren direkt nach Feierabend. Einige Kollegen, die beobachteten, wie die beiden in Lamparters Auto stiegen, sahen verwundert dem davonfahrenden Wagen nach. Auch Albert Müllerschön, der an dem Fenster seines Glaskastens mit Blick auf den Firmenparkplatz stand. Er hätte erwartet, dass er informiert worden wäre, wenn die beiden etwas gemeinsam vorhatten.

Georg Lamparter hatte einen Tisch bestellt.

Noch bevor die Getränke kamen, sagte Severin, dessen Sache es noch nie gewesen war, um die Dinge herumzureden: »Ich hab von dem Brief gehört, den ein Kollege an Sie in die Kur geschrieben hat.«

»Ich weiß. Der Chef hat es mir erzählt.«

»Und? Wie stehen Sie heute dazu?«

Lamparter sah Kühn an. »Was soll ich dazu sagen? Ich war ja nicht hier und habe nicht mitgekriegt, wie Sie sich verhalten haben.« Er sprach sehr langsam, als müsste er jedes Wort auf eine Goldwaage legen.

»Ich bin eben sehr direkt«, meinte Severin.

»Ja, das habe ich schon mitbekommen.«

»Empfinden Sie meine Art als anmaßend?«

Georg Lamparter war irritiert. Er hatte nicht damit gerechnet, dass sein Gegenüber gleich so direkt zur

Sache kommen würde. »Manchmal a bissle gewöhnungsbedürftig«, antwortete er nach einigem Zögern. »Aber lassen Sie uns doch erst mal bestellen.«

»Sie sind natürlich mein Gast«, sagte Kühn.

»Auf keinen Fall. Ich zahl' selber!«

Severin lächelte. »Sie können sich ja bei Gelegenheit revanchieren. Das hab ich schon gelernt, dass Schwaben sich immer revanchieren müssen.«

»Des ischt ja nix Schlechts, so bleibt man niemand was schuldig«

»Also einverstanden?«

Lamparter nickte, bestellte einen Rehbraten mit Spätzle und Salat, und Severin Kühn schloss sich an.

»Gewöhnungsbedürftig«, sagte Kühn leise vor sich hin und dann wieder lauter zu Lamparter: »Es sind halt schon zwei ganz unterschiedliche Welten, aus denen wir kommen.«

»Da könnten Sie recht haben. Aber wissen Sie, das war schon mal so.«

Severin verstand ihn nicht. »Wie? Was meinen Sie?«

»Gleich nach dem Krieg, wie die Flüchtlinge und die Heimatvertriebenen gekommen sind. Wir haben uns das vorher gar nicht vorstellen können. Das waren doch Leut wie wir, die haben daheim ihr Geschäft g'habt oder ihren Bauernhof oder halt, was weiß ich, ihre Anstellung. Und jetzt kommen die mit einem Koffer oder einem Rucksack. Da ist alles drin, was sie noch haben. Und die werden dann bei uns einquartiert. Plötzlich hast ganz fremde Leut in deiner Wohnung g'habt.« Er unterbrach sich und nahm einen langen Schluck von seinem Mineralwasser. Dann nickte er ein paar Mal. »Das waren schlimme Zeiten!«

»Und die vergleichen Sie mit heute?«

»Ach was«, Lamparter winkte heftig ab. »Sie sind doch ein Einzelfall. Ich meine, für uns Heimeringer.« Lachfältchen bildeten sich in seinen Augenwinkeln und gaben seinem Gesicht plötzlich einen verschmitzten Ausdruck. »Ich hab g'hört, Sie sollet ein großartiger Trompeter sein.«

»So, sagt man das?« Severin war überrascht von dem Themenwechsel.

»Ja, und wenn's nach mir ginge, wäre das eigentlich mein Hauptthema heute Abend. Haben Sie schon mal vom Trompeter von Säckingen gehört?«

»Von dem Lied? Ja, natürlich!« Severin Kühn sang leise vor sich hin »Behüt dich Gott, es wär so schön gewesen …«

»Ja, aber wisset Sie au, was in der G'schicht passiert?«

»Nein, keine Ahnung! Ich kenne nur das Lied.«

»Dann erzähl ich sie Ihnen.« Lamparter lehnte sich zurück und wiederholte in kurzen Worten, was er im Scheffelschlösschen zu Radolfzell gelesen hatte.

»Das Buch muss ich mir unbedingt kaufen«, sagte Severin Kühn, »wenn mich auch niemand je zum Ritter schlagen wird, nur weil ich einigermaßen Trompete spiele.«

»Wer weiß.« Das verschmitzte Lächeln in Lamparters Gesicht vertiefte sich. »Ich leih Ihnen das Buch. Ich hab mir extra ein eigenes Exemplar gekauft. Ein paar der Verse hab ich sogar auswendig gelernt. Soll ja das Hirn trainieren«, er lachte ein wenig und fuhr dann versonnen fort: »Schöne Welt, ich muss dich lassen,

Also blies er; war's die Träne,

Die auf der Trompete glänzte,

Oder war's ein Regentropfen?«

Severin sah Lamparter verwundert an, kam aber nicht mehr dazu, etwas zu sagen, denn das Essen kam. »Guten Appetit, lassen Sie sich's schmecken«, sagte Lamparter.

»Danke, gleichfalls!« Severin Kühn musterte den anderen. Er saß sehr aufrecht auf seinem Stuhl, ein hagerer Mann, dessen hohlwangiges Gesicht eine gewisse Strenge ausstrahlte, die nun langsam von ihm zu weichen schien.

Ohne den Kopf zu heben, sagte Lamparter. »Ich hab damals übrigens ein Flüchtlingsmädle g'heiratet.«

Von Müllerschön wusste Kühn, dass Lamparter inzwischen verwitwet war. »Ich hab gehört, dass Ihre Frau leider verstorben ist …«

»Ja, aber wir sind lang glücklich g'wesen mitnander.« Nach einer kurzen Pause hob Lamparter endlich den Kopf. »Sind Sie verheiratet?«

»Ja, aber nur noch auf dem Papier. Meine Frau ist schon Mitte der 80er-Jahre aus der DDR abjehaun, und seitdem leben wir jetrennt.«

»Aha.«

Ohne weiter nachzudenken, schob Severin Kühn nach: »Über Silvester hat mich meine Tochter besucht. Dat erste Mal seit fast sieben Jahren.«

»Stell ich mir nicht einfach vor.«

»War's och nicht. Aber am Ende doch besser, als man denken würde.«

Beide Männer hatten sich den Abend anders vorgestellt. Beide hatten sich darauf präpariert, dem anderen Paroli zu bieten, was auch immer kommen würde. Ihr Terrain klar und deutlich abzustecken. Und nun verlief das Gespräch in eine ganz andere, private, Richtung.

Sie nahmen als Nachtisch noch die unvermeidlichen schwäbischen Apfelküchle mit Zimt und Zucker. Bevor sie zum Abschluss noch einen Kaffee bestellten, sagte Lamparter: »Könnten Sie sich nicht vielleicht doch entschließen, bei unserer Musikkapelle mitzumachen? Sie wissen, ich bin dort der Vorstand, also man heißt da sogar Präsident.« Wieder erschienen die Lachfältchen um seine Augen.

»Herr Frohnlechner hat mich schon mal eingeladen, bei einer Probe vorbeizuschauen, aber irgendwie hab ich die Kurve noch nicht jekriecht.«

»Ja, er hat's mir erzählt, aber er meint, Ihnen seien wir vielleicht doch zu provinziell.«

»Wie kommt er denn darauf?«

»Na ja, Ihre ganze Art halt …«

»Gut!«, sagte Severin Kühn entschlossen. »Am nächsten Donnerstag komme ich vielleicht mal. Spielen Sie selber auch?«

Lamparter lachte kurz auf. »Noi, om Gottes willa! Ich bin absolut unmusikalisch. Funktionär halt. Aber bei Festzügen lauf ich mit dem Schellenbaum voraus und klopf a bissle drauf rum. Da hört man nicht so genau, was ich spiel!«

Am darauffolgenden Donnerstag nahm Severin Kühn seinen Trompetenkoffer unter den Arm und marschierte zur Turnhalle der Schule. Der Dirigent hieß Eberhard Greiner, hatte Musik und Deutsch auf Lehramt studiert, unterrichtete am Gymnasium in Blaubeuren, wohnte aber in Heimeringen. Im März würde er auf ein Gymnasium in Heidelberg wechseln, wo seine Verlobte wohnte. Er war Ende 20, ein mittelgroßer, schlanker Mann mit einem weichen Gesicht, in das noch nicht viel hineingeschrieben war, wie Severin Kühn fand.

Die Kapelle spielte gerade einen Marsch, als der Berliner auf leisen Sohlen die Turn- und Festhalle betrat. Der Dirigent klopfte gerade ab und rief: »Habt ihr's denn vergessen? Wie oft muss ich noch sagen: Nicht jeder spielt so schnell und so laut, wie er kann. Die Posaunen bitte zurücknehmen!«

»Piano halt«, rief ein Saxofonist. »Mir fallet sonscht meine Ohra ab!«

Allgemeines Gelächter.

»Ich bitte um Ruhe!« Das Bemühen des Dirigenten um Autorität hatte etwas Naives, fand Severin, dem sich der Mann am Pult nun zuwendete: »Ach, Sie sind der Neue. Was wollen Sie uns denn vorspielen?«

Severin Kühn hob die Schultern. »Haben Sie einen Wunsch?«

»Aber nein. Jeder, der sich bei uns bewirbt, bringt sein Probestück selber mit.«

»Ach so.« Kühn schenkte es sich zu sagen, dass er sich keineswegs bewerbe. Frohnlechner wollte rasch etwas einwerfen, aber da setzte Severin das Instrument bereits an die Lippen und spielte die ersten Takte aus Leopold Mozarts Trompetenkonzert in D-Dur.

Als er sein Instrument wieder absetzte, sagte der junge Dirigent: »Oh! Leopold Mozart! Allerhand!«

Ein paar der Musiker applaudierten.

Severin Kühn sah sich um. Zu den Orchestermitgliedern zählten seine Kollegen Schmied, Beck, Gollhofer, Knäblich und noch ein paar, die er erkannte, aber deren Namen er nicht wusste.

»Haben Sie studiert?«, fragte Greiner.

»Naturtalent, nehm ich an«, warf Frohnlechner ein.

»Das nun auch wieder nicht. Ich hatte ein paar Jahre Privatunterricht.«

»Sie wissen vielleicht, dass wir Mitte Mai am Baden-Württembergischen Blasmusikpreis teilnehmen«, sagte der Dirigent.

»Nein«, sagte Kühn, »was ist das?«

Frohnlechner erklärte: »Ein Landeswettbewerb, ausgeschrieben für Amateurorchester. Wir haben uns in drei Vorrunden für die Endrunde qualifiziert. Wenn man gut abschneidet, bekommt man vom Land Baden-Württemberg eine finanzielle Förderung. Wenn man gewinnt, sind es 20.000 Mark.«

»Ja, aber so vermessen sind wir natürlich nicht«, sagte

Eberhard Greiner. »Allerdings, wenn wir Sie als Solisten gewinnen könnten ...«

Kühn schüttelte den Kopf. »Ich will mich da in Ihre Planungen nicht einmischen. Außerdem müssen ja wohl die Orchestermitglieder abstimmen, ob Sie mit mir spielen wollen oder nicht. So hat mir das Herr Lamparter erklärt.«

»Stimmt!«, rief Kevin Beck. »Ob einer Mitglied bei uns werden darf, darüber wird geheim abgestimmt.«

Kühn sah ihn an. Seit dem Unfall in Laichingen hatte er weder mit Beck noch mit Gollhofer ein Wort gewechselt, weil er fest davon überzeugt war, dass die beiden hinter der Sabotage an dem Fußgängertunnel gesteckt hatten. »Ich bin eigentlich nur mal so vorbeigekommen«, sagte er.

»Ja, was ist jetzt?«, fragte Karl Schmied ungeduldig.

»Der Herr will gebeten werden«, ließ sich Gollhofer hören.

»Typisch!«, rief Kevin Beck.

»Ich denke drüber nach«, sagte Kühn, legte seine Trompete in den Instrumentenkoffer, verschloss ihn, packte ihn unter den Arm und ging hinaus.

»Wie der sich immer aufspielen muss«, rief Beck, kaum dass die Tür ins Schloss gefallen war.

Schon am nächsten Tag erschien Eberhard Greiner abends in der Johannesgasse 1. Er traf Severin Kühn im Schuppen hinter dem Haus an, wo der dabei war, einen Dielenboden zu verlegen. »Ich störe, nicht wahr?«

Severin erhob sich von den Knien, drückte beide Hände flach gegen seinen Rücken und zog seinen Körper gerade. »Nein, gar nicht. Ich bin froh, wenn ich einen Grund habe aufzuhören.«

Sie gingen ins Haus. Gretel begrüßte den Gast. Sie kannten sich nur flüchtig. »Wenn ihr wollt, mach ich euch einen Tee.«

»Ja, gerne«, sagten beide wie aus einem Mund.

Sie setzten sich vor den Kamin, in dem ein kleines Feuer brannte. »Ich hab darüber nachgedacht«, begann der Dirigent. »Nachdem ich gehört habe, wie toll Sie das Lied ›Behüt' dich Gott, es wär so schön gewesen …‹ bei der Beerdigung dieses Nichtsesshaften gespielt haben, dachte ich zuerst, ich würde da fündig werden. Es gibt ja eine Operette auf der Basis des Romangedichts von Victor von Scheffel. Ich hatte gehofft, das wäre vielleicht etwas für unser Wertungsspiel. Aber außer dem Lied habe ich nichts gefunden, was für uns geeignet wäre.«

Die Kräutergretel kam herein, sie hatte von der Küche aus mitgehört. »Und wenn ihr was Eigenes zu dem Lied dazu komponiert, ein Arrangement, was weiß ich? Variationen über das Thema …«

»Eine Trompeter-von-Säckingen-Suite«, rief Greiner plötzlich begeistert, »frei nach dem bekannten Lied des Trompeters.«

»Und wer soll die schreiben?«, fragte Kühn.

»Ich, wir beide zusammen.«

»Ich kann nicht komponieren. Ich kann nicht einmal

Noten schreiben. Und im Übrigen glaube ich nicht, dass ich bei Ihren Mitgliedern willkommen wäre.«

Greiner ging nicht darauf ein. »Wie steht es denn ums Improvisieren bei Ihnen.«

»Das kann ich stundenlang.«

»Na bitte!« Der Dirigent hatte ganz rote Backen. »Wissen Sie denn, was das bedeutet, wenn so eine dörfliche Musikkapelle mit einer eigenen Komposition antritt? Das gibt von vornherein gleich Bonuspunkte.«

»Probieren könnte man's ja mal …« Severin Kühn verließ das Wohnzimmer, um seine Trompete zu holen. Gretel Petersen brachte den Tee.

»Sie müssen ihm zureden«, sagte Greiner eindringlich. »Er muss da mitmachen. Es ist eine Riesenchance für uns.«

»Zureden hilft bei dem nichts«, sagte Gretel. »Der muss das schon aus sich heraus entscheiden.« Sie schenkte den Tee in drei Tassen und setzte sich auf einen Stuhl vor das Feuer.

»Wenn ich mir vorstelle: Mein letzter Auftritt mit diesem Orchester im Mai ist in Heilbronn bei dem Wertungsspiel, und wir präsentieren eine eigene Komposition …« Eberhard Greiner sah Gretel an, und als er ihr Gesicht sah, fügte er schnell hinzu: »Man wird ja wohl noch träumen dürfen.«

An dem Traum arbeitete Greiner immer mal wieder abends mit Severin Kühn in Gretels Holzhaus. Sie hatte von einem Bekannten ein Keyboard ausgeliehen.

Ein Klavier war nicht zu bekommen gewesen. Severin Kühns Aufgabe war es, auf seiner Trompete das Thema immer neu zu spielen und abzuwandeln. Der Dirigent schrieb die Noten mit, so gut er konnte. Als Greiner den Trompeter für seinen Einfallsreichtum lobte, sagte Severin: »Ich hab mal von einem gehört, der ein ganz bekannter Komponist wurde, aber eigentlich nur pfeifen konnte.«

»Das ist eine Legende«, antwortete Eberhard Greiner, der nun Kühns Improvisationen auf dem Keyboard nachspielte, zunächst nur mit einem Finger, dann aber legte er nach und nach Akkorde darunter. Greiner erwies sich als erstaunlich erfindungsreich, wenn es darum ging, die einfachen Melodien zu orchestrieren, musste nun aber die einmal gefundene Musik in Noten für die verschiedenen Stimmen im Orchester umsetzen und aufschreiben, bedeutete das für ihn eine Unmenge Arbeit. Sobald sie ein paar Takte beisammen hatten, teilte er die Noten an die Mitglieder der Blaskapelle aus, und sie begannen mit den Proben. Severin hatte Greiner gebeten, nichts von seiner Mitwirkung zu erzählen. Das würde nur Widerstand hervorrufen, glaubte er.

Bis zum Finale des Wettbewerbs hatten sie noch vier Monate Zeit.

20

Berlin konnte sich doch eigentlich in der kurzen Zeit nicht so verändert haben. Dennoch hatte er das Gefühl, sich ständig neu orientieren zu müssen. Zudem überforderte ihn auf einmal die Hektik der riesigen Stadt, das Tempo, mit dem sich die Leute bewegten, die Rücksichtslosigkeit mancher Autofahrer. Drei Tage hatte er sich vorgenommen, um seinen alten Trabi endlich abzumelden, seine Wohnung zu kündigen und, soweit es ging, schon mal auszuräumen. Kai Lachmann, einer seiner alten Kollegen, hatte sich bereit erklärt, Severin dabei zu helfen.

Er war am Freitagabend angekommen und vom Bahnhof mit der U-Bahn zum Prenzlauer Berg gefahren. Er war froh, dass sein alter Hausschlüssel noch passte. Aber was hatte er eigentlich erwartet? Dass in den paar Wochen die Tür ausgetauscht oder das Schloss ausgewechselt sein könnte? Er stieg die Treppe hinauf.

Als er die Wohnung betrat, schlug ihm ein muffiger Geruch nach Staub und verbrauchter Luft entgegen. Er riss die Fenster auf. Von unten kam ungewohnter Lärm. Weit beugte er sich hinaus und sah, dass ein paar Häuser weiter inzwischen eine italienische Trattoria eingerichtet worden war. Auf der Straße vor dem Lokal saßen Gäste auf Gartenstühlen an runden Metalltischen. Es war ein milder Frühlingstag, obwohl der März grade erst begonnen hatte. Aus der Trattoria drang laut die Stimme Adriano Celentanos: »Azzuro, il pomereddio è troppo azzurro el lungo per me ...« Sie hatten eine verballhornte deutsche Version in ihrem Programm gehabt: »›Azzurro, das ist der Himmel der Verliebten, denn azzurro heißt blau ...« Severin hatte ihn ein paar Monate lang in seiner Tanzkapelle gespielt und gesungen. Es gab Schlager, die waren nicht umzubringen.

Severin Kühn verließ die Wohnung, stieg die Treppe hinauf bis ins Dachgeschoss. Er öffnete mit dem Haken an der langen Stange die Dachluke, zog die Leiter herunter, stieg ins Freie und machte die ersten Schritte auf das flache Dach hinaus. Ein paar Tauben flogen davon. Er fand die umgekehrte Bierkiste an ihrem alten Platz dicht bei dem Kamin und setzte sich. Sein Blick ging hinüber zum Fernsehturm am Alexanderplatz. Die Musik aus der Trattoria klang leise herauf und wurde immer wieder von einem aufkommenden Wind verweht. Heimeringen war auf einmal sehr weit weg. Eine fremde Welt, in die er geraten war. Für einen Augenblick dachte er, es sei die falsche Entscheidung, das hier alles aufzugeben. Bei der Firma Müllerschön war seine Probezeit zu Ende. Den neuen Arbeitsvertrag hatte er in seiner Tasche, weil er, wie er behauptet hatte, noch den Rat eines befreundeten Anwalts in Berlin einholen wollte. Er kannte gar keinen Rechtsanwalt. Es war eine reine Schutzbehauptung gewesen, um sich selbst noch ein wenig Bedenkzeit zu geben.

Severin stand auf, ging bis zum Rand des flachen Daches und sah sich noch einmal nach allen Richtungen um. Da unten, das war seine Stadt, hier hatte er über 40 Jahre lang gelebt. Er gab sich einen Ruck, kletterte die Leiter wieder hinunter und schloss die Dachluke.

Am nächsten Morgen wurde er durch die Türklingel geweckt. Er sah auf die Uhr. Es war kurz nach 8 Uhr. Kai konnte das noch nicht sein, mit dem war er auf 11 Uhr verabredet. Severin warf seinen alten Bademantel über den Schlafanzug und ging zur Gegensprechanlage, aber jemand klopfte an die Wohnungstür, als er sich meldete. Er öffnete. Vor ihm stand Ilona, seine Frau. Sofort fiel ihm ein, dass er Sandra, mit der er inzwischen regelmäßig telefonierte, erzählt hatte, er werde für drei Tage nach Berlin fahren, und augenblicklich verfluchte er sich dafür.

Ilona stellte sich auf die Zehenspitzen, legte ihre Hände auf seine Schultern und sagte: »Krieg ich einen Kuss?«

Er schüttelte ihre Hände ab und knurrte. »Was willst du?«

»Darf ich reinkommen?«

Severin trat zur Seite. Ilona stöckelte auf hohen Absätzen in die Wohnung, sah sich um und sagte: »Da hat sich ja gar nichts verändert.«

Er antwortete nicht darauf. Sie ließ sich in den Sessel fallen und schlug ihre Beine übereinander. »Hast du vielleicht einen Kaffee?«

»Ich müsste einen machen.«

Sie sprang auf, warf ihren leichten Mantel von den Schultern und ging rasch in die Küche. »Das kann ich ja übernehmen.«

Er folgte ihr. Ihre Figur hatte sich nicht verändert. Sie sah genauso schlank und jugendlich aus wie vor 20 Jahren. Und sie hantierte in der Küche mit der gleichen Schnelligkeit und Geschicklichkeit wie damals.

Er setzte sich an den Küchentisch.

»Wie geht's dir denn so?«, fragte Ilona.

»Sandra wird's dir ja wohl erzählt haben.«

»Ja schon. Aber wie fühlst du dich? Bist du zufrieden?«

»Hmm«, machte er.

Sie wendete sich von der Kaffeemaschine ab und kam herüber. »Ich wollte dir einen Vorschlag machen.«

Ilona setzte sich auf die andere Seite des Tisches. »Ich ziehe wieder nach Berlin.«

»Ist das dein Vorschlag?«, fragte er, leichten Sarkasmus in der Stimme.

»Nein. Ich suche natürlich eine Bleibe, und wenn du hier jetzt ausziehst …«

Das war Ilona. Sie dachte immer praktisch, vor allem dann, wenn es ihr nutzte. »Ich verstehe«, sagte er.

»Schau mal: Es wäre so einfach. Ich überweise dir die Miete. Du musst nicht kündigen. Du brauchst auch unsere alten Sachen nicht auszuräumen. Natürlich werde ich das eine oder andere ersetzen. Ich muss ja auch meine Schneiderei hier unterbringen. Aber da habe ich mir schon überlegt, wie ich das mache.«

»Gefällt's dir denn nicht mehr in Düsseldorf?«

»Um ehrlich zu sein: Mir hat es da noch nie gefallen. Aber es hat sich nun mal so ergeben …«

Severin lachte auf. »So kann man das auch beschreiben: Es hat sich so ergeben.«

Ilona stand auf. »Ich glaube, der Kaffee ist fertig. Hast du Milch im Haus?«

Er nickte. »Ich hab gestern Abend noch in einem Späti eingekauft.«

Er holte zwei Kaffeebecher aus dem Hängeschrank und wischte sie mit Küchenpapier aus, das er auch am Abend zuvor noch erstanden hatte.

Ilona goss ein. »Willst du dort unten bleiben, wo du jetzt bist?«

»Mal sehen.«

»Kann man denn da leben?«

»Mindestens so gut wie in Düsseldorf, denke ich mal. Ich habe einen guten Job, ordentlich bezahlt, und ganz langsam komme ich auch mit den Menschen zurecht.« Severin war überrascht, wie leicht sich das Gespräch entwickelte. Der ganze Hass gegen diese Frau schien auf einmal verflogen zu sein. Unwillkürlich schüttelte er den Kopf. Ilona bemerkte es. »Was ist?«

»Ich wundere mich darüber, wie wir einfach so miteinander reden, nach allem, was passiert ist.«

»Mein Gott! Es ist so viel Zeit vergangen. Ich hab für meine Dummheiten bitter bezahlt. Aber für mich hat noch immer gegolten …«

»Ja, ich weiß«, unterbrach Severin, »hinfallen, aufstehen, Krone richten, weitermachen.«

Ilona nickte. Sie musterte den Mann in seinem zerschlissenen Bademantel und den brüchigen Pantoffeln. Er war unrasiert, und seine Haare standen wild vom Kopf ab, weil er sich nicht die Mühe gemacht hatte, sie zu kämmen. »Wenn du dir damals mehr Zeit für mich und das Kind genommen hättest …«

»Bitte, lass es!« Er nahm einen Schluck Kaffee. »Der ist viel zu stark, aber das war er bei dir schon immer.«

»Könntest du dir vorstellen, dass wir …«

»Nein, absolut nicht!«, fuhr er dazwischen.

»Du weißt doch gar nicht, was ich sagen will.«

»Wir sind ein für allemal auseinander, Ilona. Und wenn ich dir die Wohnung für eine Zeit überlasse, dann nur zu einer Bedingung.«

»Und die wäre?«

»Dass wir uns so schnell wie möglich scheiden lassen.«

»Du hast also eine andere?«

»Nein. Ich lebe allein, seitdem du abgehauen bist. Und das wird sich wohl kaum ändern. Du weißt ja:

Gebrannte Kinder scheuen das Feuer.« Severin stand auf, kippte die Hälfte seines Kaffees in die Spüle und füllte den Topf mit heißem Wasser aus der Leitung auf. Er kam an den Küchentisch zurück. »Kai hat damals gesagt: ›Die kommt schon wieder.‹ Und ich weiß noch genau, was ich geantwortet habe.«

»Und?«, fragte Ilona.

»Ich hab gesagt, ›das ändert nichts daran, dass sie gegangen ist.‹«

Ein paar Augenblicke schwiegen sie, dann sagte Severin: »Wann möchtest du denn hier einziehen?«

»Sobald wie möglich.«

»Glaubst du denn, dass du hier Kundschaft findest?«

»Das geht schneller, als du denkst. Außerdem kann ich aushilfsweise in der Kostümabteilung der *Komischen Oper* arbeiten. Da findet man auch leicht Frauen, die mal privat was schneidern lassen wollen. Und womöglich wird es auch eine Festanstellung.«

»Tüchtig wie eh und je!« Im Stillen bewunderte Severin diese Frau, die immer noch mit ihm verheiratet war.

»Ja«, sagte sie, »was hätten wir zwei zustande bringen können, wenn wir an einem Strang gezogen hätten.«

Als Kai kam, war Ilona bereits wieder gegangen. Severin erklärte ihm, dass die geplante Arbeit ausfallen würde, und lud den alten Arbeitskollegen zum Essen ein. Sie gingen in das neue italienische Lokal ein paar Häuser weiter und bestellten je eine Pizza aus dem Steinofen.

Kai hatte inzwischen einen Posten als Nachtportier in einem kleinen Hotel. »Man musste ja nehmen, was man kriegen konnte«, erklärte er, aber inzwischen sei er damit ganz zufrieden.

Severin erzählte Kai von seiner Begegnung mit Ilona am frühen Morgen.

»Ihr könntet euch doch wieder zusammentun«, sagte Kai. »Sie ist ja doch eine tolle Frau.«

»Stimmt«, sagte Severin. »Aber das haben andere Männer eben auch bemerkt, und sie hat das Ihre draus gemacht.«

»Aber jetzt lebt sie allein, oder?«

»Hat sich so angehört, ja.«

»Wann genau kommt sie denn nach Berlin?«

Severin sah Kai an. »Sag mal …?«

»Man wird doch mal fragen dürfen. Ich bin ja auch allein.«

»Sie hat gesagt: sobald wie möglich. Und wie ich sie kenne, ist das spätestens in 14 Tagen.«

»Na gut. Vielleicht schau ich dann mal vorbei. Du hättest doch nichts dagegen?«

»Ich? Warum? Ich wünsch dir viel Glück!«

21

Der Winter ging, der Frühling zog ins Land. Ole Petersens Schafe waren längst wieder auf ihren Weiden. Kühn und Greiner arbeiteten beharrlich weiter an ihrer Komposition. Darüber hinaus nutzte Severin seine freien Stunden, um den Schuppen hinter Gretels Haus auszubauen. Ein paar Mal hatten er und die Hausherrin lange Abende gemeinsam beisammengesessen, hatten den besten Wein aus Gretels Keller getrunken und waren schließlich in ihrem Bett gelandet. Aber Gretels Vorschlag, Severin könne doch seine Kammer unterm Dach verlassen und sozusagen ganz bei ihr einziehen, folgte er nicht. Er fürchtete sich vor zu viel Nähe, und Gretel Petersen schien das zu verstehen. Ihrer besten Freundin erzählte sie eines Tages am Telefon: »Er ist ein wunderbarer Freund, sehr höflich, sehr hilfsbereit, und manchmal schlafe ich mit ihm.« Und die Freundin hatte geantwortet: »Hört sich besser an als meine Ehe.«

In einem schmalen Raum hinter der Küche hatte Gretel eine Art Behandlungszimmer eingerichtet. Einmal, als Severin mit schrecklichen Rückenschmerzen von der Arbeit kam, hatte sie ihm angeboten, etwas gegen diese Schmerzen zu unternehmen. Nach ihrer Weisung hatte er sich bis auf die Unterhose ausgezogen und sich auf die harte Massageliege gelegt. Gretel hatte zunächst mit beiden Händen seinen Hinterkopf umfasst und seinen Nacken langgezogen, danach seine Schultern massiert und ihn schließlich gebeten, die linke Hüfte leicht anzuheben. Danach hatte sie mit der Kuppe ihres Zeigefingers seinen Rücken abgetastet und war dann mit sanftem Druck ihres Mittelfingers an einer Stelle geblieben. »Gleichmäßig atmen, bitte«, sagte sie.

Er gehorchte, fragte aber misstrauisch: »Was machst du denn da?«

»Ich hab den Meridian gesucht und leite jetzt erst mal die Hitze ab.«

»Und was soll das bringen? Welche Hitze überhaupt?«

»Du hast zu viel davon in deinen Organen. Vor allem in der Galle und der Leber. Und jetzt frag nicht weiter!«

Severin spürte ein fast unerträgliches Zittern in seinem linken Bein, und sein Fuß wurde plötzlich ganz heiß. »Irgendwas passiert«, sagte er verwundert.

»Schlimm wär's, wenn es anders wär«, antwortete die Kräutergretel. Nach einer halben Stunde bat sie Severin, sich wieder entspannt hinzulegen, und suchte einen Punkt in der Nähe seines linken Fußknöchels.

»Was machst du jetzt?«

»Ich bin an einem anderen Meridian. Ich hab doch gesagt: Deine Galle ist ziemlich platt und ärgert deine Leber. Die muss man alle beide beruhigen. Alles hängt nun mal mit allem zusammen.«

Severin beschloss, nichts mehr zu sagen. Ohne dass er es merkte, schlief er ein.

Eine gute Stunde später kam er wieder zu sich. Er lag auf dem Rücken. Gretel hatte eine warme Wolldecke über ihn gebreitet und war offenbar aus dem Zimmer gegangen. Vorsichtig richtete er sich auf. Er stellte die nackten Füße auf den Boden, stand auf und streckte sich. Der Schmerz war weg.

Severin zog sich wieder an. Er war noch nicht ganz damit fertig, als Gretel mit einer dampfenden Keramik-tasse hereinkam. »Trink das!«, befahl sie.

Er nahm den Becher entgegen. »Meine Schmerzen sind weg. Wo hast du das gelernt?«

»Bei einem uralten chinesischen Meister namens Tien Li. Er lebt schon seit vielen Jahren in Zürich. Veronika hat mich mit ihm bekannt gemacht.«

Severin trank den heißen Tee in vorsichtigen Schlu-cken. Gretel setzte sich auf die Liege und baumelte mit den Beinen. »Er hat in China bedeutende Menschen behandelt und war richtig berühmt, aber als einer sei-ner Patienten, ein sehr hoher Parteifunktionär, krank wurde, musste er das Land verlassen.«

»Hä?«, machte Kühn. »Das verstehe ich nicht.«

»Ist auch nicht so einfach. Er hat mir erklärt, reiche

Leute in China haben ständig einen Arzt, der für ihre Gesundheit zuständig ist. Wenn sie dennoch krank werden, wird der Doktor entlassen und mit Schimpf und Schande aus dem Haus gejagt.«

»Hast du denn irgendeine Lizenz? Ich meine, darfst du denn so einfach Leute behandeln?«

»Aber ja. Ich bin staatlich geprüfte Heilpraktikerin. Wenn's nicht so wäre, hätten mir Müllerschön und seine Freunde längst das Handwerk gelegt.«

»Warum ist der eigentlich so gegen dich?« Severin reichte ihr die leere Tasse zurück.

Gretel lachte. »Damals, als er den Detektiv auf mich angesetzt hat, erfuhr er doch, dass ich mal als Prostituierte gearbeitet habe.«

»Ach so. Das verabscheut er natürlich.«

Gretel lachte auf. »Denkst du! Eines Abends ist er hier aufgetaucht und hat gefragt, was es kostet.«

»Was es kostet?«

»Na ja, meine Dienste als Nutte.«

»Ist das wahr? Das gibt's doch nicht!«

Die Kräutergretel musste über Severins entsetztes Gesicht laut lachen. »Es gibt viel mehr, als du denkst. Er war nicht der Einzige, der meinte, er könne meine Liebesdienste billig kaufen.« Und nach einer Pause sagte sie: »Du wirst dich noch wundern, wozu die Leute hier fähig sind.«

Die Atmosphäre im Betrieb hatte sich beruhigt. Viele der Arbeiter blieben nach wie vor auf Distanz zu Severin Kühn, aber sie registrierten auch, dass sich sein Ton geändert hatte. Mehr noch beeindruckte sie, dass die Zusammenarbeit ihres Betriebsleiters Lamparter mit Kühn ziemlich reibungslos lief.

Manchmal trafen sich die beiden nach Feierabend bei Lamparter zu Hause. Er mied den Stammtisch, nach dem er sich freilich schrecklich sehnte. Aber er wusste auch, dass er dort als Abstinenzler nicht mehr hinpasste, und vermutlich, dass er nicht weiter durchhalten würde, wenn er sich wieder unter die leidenschaftlichen Biertrinker mischte.

An einem ihrer gemeinsamen Abende sagte Lamparter plötzlich zu Severin Kühn: »Ich bin der ältere von uns beiden.«

Severin nickte. »Das wird wohl so sein.«

Lamparter räusperte sich. »Ich äh ...«, er musste nochmal neu ansetzen. »Also ich dät Ihne gern das Du anbieten.«

Severin Kühn sah zu dem anderen hinüber. »Also von einem Mann, der damals ein Flüchtlingsmädchen geheiratet hat, nehme ich das gerne an.«

Sie reichten sich die Hände. »Na ja, das war erst 1959, aber es war trotzdem das erste Mal im Dorf.«

Er seufzte. »Das waren Zeiten!« Und dann erzählte er, wie sie in den frühen 50er-Jahren zu dritt begonnen hatten, die Firma aufzubauen: »Der alte Müllerschön, der Albert und ich.«

»Aber warum bist du dann heute nicht einer der Teilhaber des Unternehmens?«, fragte Severin Kühn.

»Na ja, ich war damals ein ganz junger Spund. Grade mal 14 Jahr alt. Ich war praktisch der erste Lehrling im Betrieb. ›Metallverarbeitende Werkstätten‹ nannte sich der. Der Alte hat bereits vor dem Krieg eine Werkstatt gehabt, aber die hatte er aufgeben müssen, weil die Nazis alle Metalle konfisziert haben. Allerdings …«

Lamparter schmunzelte.

»Ja?«

»Müllerschön hat im Frühjahr 1944 noch eine Menge Material in einer Höhle verstecken können, bevor die Nazis ihm alles weggenommen haben.«

»In einer Höhle?«

»Ja, davon gibt's in der Schwäbischen Alb jede Menge. Jedenfalls: Der Karl-Josef Müllerschön hat seine Metallbestände zum größten Teil dort versteckt und konnte dann nach dem Krieg bald schon wieder mit einer eigenen Werkstatt anfangen. Zuerst haben wir nur Leitplanken für Straßenbegrenzungen hergestellt. Das ging wie's Brezelbacken. Man hat uns das Zeug aus den Händen gerissen und praktisch jeden Preis dafür bezahlt. Der alte Herr Müllerschön war der Techniker, und sein Sohn war der Verkäufer. Hat erst mal toll funktioniert.«

»Erst mal?«

»Ja no, die zwei haben leider nicht gemerkt, dass die Konkurrenz auch nicht g'schlafen hat. Wir haben a bissle zu lang unsere alten Bestände aus den Höhlen aufgearbeitet und nicht rechtzeitig in neue Materialeinkäufe investiert. Das Geschäft haben wir dann an die Konkurrenz verloren. Und da hatte der Alte die rettende Idee mit dem Gerüstbau. Trotzdem: So gut wie damals in den Anfängen geht es der Firma heut nimmer.«

»Heißt das …?«

Lamparter hob abwehrend beide Hände. »Ich will nichts gesagt haben, aber der Müllerschön kämpft ganz schön. ›Man kann nur hoffen, dass wir nicht demnächst eine Steuerprüfung kriegen‹, hat neulich der Karl Schmied gesagt. Aber das bleibt unter uns. Ich red einfach zu viel. Bitte, vergiss, was ich gesagt hab. Es muss ja auch gar nicht stimmen.«

Severin Kühn nickte. »Ich versteh sowieso nichts von diesen Dingen. In Berlin musste ich mich überhaupt nicht darum kümmern.«

»Hat wohl auch so manchen Vorteil gehabt, euer System da drüben.«

»Ja, das denke ich jetzt manchmal auch.«

Lamparter stand auf und holte von einem kleinen Regal, auf dem vier oder fünf Bücher standen, einen schmalen gelben Band, reichte ihn Kühn und sagte: »Das ist *Der Trompeter von Säckingen* von Viktor von Scheffel. Ein ganzer Roman in Gedichtform, liest sich aber ganz leicht.«

»Und da finde ich auch das Lied? Bislang kenn ich ja nur die Melodie und die beiden Schlusszeilen.«

Lamparter schlug das Bändchen auf und reichte es an Kühn weiter. »Hier. Der junge Herr Werner wird vom alten Herrn von Schönau als möglicher Schwiegersohn abgewiesen, dabei tut's dem Alten in der Seele leid. Aber so waren halt, scheint's, die Regeln.«

Severin Kühn überflog den Text und las dann ein paar Zeilen laut:

»Das ist im Leben hässlich eingerichtet,
Dass bei den Rosen gleich die Dornen stehn,
und was das arme Herz auch sehnt und dichtet,
Zum Schlusse kommt das Voneinandergehn.
In deinen Augen hab ich einst gelesen,
Es blitzte drin von Lieb' und Glück ein Schein
Behüt' dich Gott, es wär so schön gewesen,
Behüt' dich Gott, es hat nicht sollen sein.«

Er ließ das Büchlein sinken und legte es auf den Tisch. »Dass es so lange gedauert hat, bis ich endlich den Text kennengelernt habe! Die Melodie passt wunderbar zu diesen Zeilen.«

Lamparter nickte.

Am gleichen Abend hatte dann Lamparter noch von dem *Höhlenverein* erzählt, den er einst zusammen mit ein paar Freunden in den 6oer-Jahren gegründet hatte. »Wenn du willst, dann komm doch mal mit, wenn wir graben.«

»Wie graben?«

»Du wirst es ja sehen.«

22

Das schmale Sträßchen führte in die Tiefe eines engen Tales. Lamparter, der am Steuer saß, erzählte Severin Kühn: »Bei einer der letzten Sprengungen hat sich damals plötzlich eine Kluft aufgetan, so eng, dass sich grade mal ein schlanker Mensch durchquetschen konnte. Dahinter stießen wir auf einen Gang, durch den man auf Knien kriechen konnte. Nach etwa zehn Metern öffnete sich eine Kammer, so groß wie eine Mönchszelle. Und dann war Schluss.«

»Und dort hat der alte Müllerschön sein Metall versteckt?«

»Nein, das war in einer anderen Höhle, die schon vor über 100 Jahren entdeckt worden ist, die aber kaum jemand kennt.«

»Und die Höhle zu der wir jetzt fahren?«

»War ja eigentlich erst mal nicht viel mehr als ein großes Loch. Als Buben haben wir es eine Weile als Versteck und heimlichen Treffpunkt genutzt. Und als wir eines Tages da drin mal wieder ein Feuerchen gemacht haben, wurde es plötzlich durch einen Windzug angefacht, der nicht von draußen kam, sondern aus dem Berg.« Lamparter unterbrach sich und schaltete einen Gang herunter. Das Sträßchen ging jetzt in einen Schotterweg über.

»Und?«, fragte Severin Kühn.

»Dahinter musste ein Hohlraum sein. Aber wir haben dem keine besondere Bedeutung beigemessen. Unsere Clique löste sich bald danach auf, und wir kümmerten uns nicht mehr um unsere Höhle.«

»Muss sich ja aber inzwischen wieder geändert haben, oder?«

»In den frühen 70er-Jahren hab ich in Ulm mal einen Vortrag von einem bekannten Wissenschaftler gehört, der auch eine eigene Fernsehsendung mit dem Titel *Wunder der Erde* hatte. Der Mann war sehr populär, und was er über die Höhlensysteme in der Schwäbischen Alb erzählte, hat mich total fasziniert. Er hieß Ernst Waldemar Bauer und galt als einer der bedeutendsten Höhlenforscher. Unter anderem wusste er, dass es in Deutschland – also damals in der BRD – rund 70 *Höhlenvereine* gebe, die in Landesverbänden organisiert seien. Ich erzählte irgendwann beiläufig von Bauers Höhlenvortrag an unserem Stammtisch im *Goldenen Ochsen*. Plötzlich stand da die Idee im Raum, auch in Heimeringen einen *Höhlenverein* zu gründen und unser altes Versteck weiter zu erforschen. Einige von uns glaubten fest, dass weiter hinten im Berg eine der großen Felsenhallen sein musste, von denen es im Bauch der Schwäbischen Alb so viele gibt.«

Kühn sah zu Lamparter hinüber, der konzentriert am Steuer saß. »Habt ihr denn das Höhlensystem gefunden?«

Georg Lamparter lachte. »Wenn das so einfach wäre. Seit bald 15 Jahren arbeiten wir fast jedes Wochenende daran, bis zur völligen Erschöpfung. Der Windzug aus dem Inneren des Bergs erwies sich zunächst als einmalige Erscheinung. Manchmal dachten wir, wir hätten uns damals getäuscht oder in die falsche Richtung gegraben. Aber aufgeben wollten wir nicht.«

Das Sträßchen endete bei einer Wendeplatte. Etwas abgesetzt stand ein alter Bauwagen unter einer mächtigen knorrigen Eiche. Aus dem Dach ragte ein Ofenrohr. Dünner Rauch stieg auf. »Das ist unsere Basisstation, unsere Wärmestube, wenn es kalt ist, und unser Materiallager«, sagte Lamparter. »Die anderen sind anscheinend schon da.« Er stellte das Auto ab.

Doch in dem Bauwagen war niemand. Der Kanonenofen bollerte leise vor sich hin. »Die haben bereits angefangen«, sagte Lamparter. Er setzte einen Schutzhelm mit einer Grubenlampe auf und reichte Kühn einen zweiten. Dann stieg er in einen weißen Overall und nahm von einem Nagel in der Wand einen weiteren, den er Kühn in die Hand drückte. »Manchmal kommt unvermutet Wasser aus dem Berg«, erklärte er, »ein weiterer Beweis dafür, dass dahinter ein Höhlensystem sein muss. Und dann ist es gut, wenn man diesen wasserfesten Schlatz anhat.«

»Schlatz?«

»Ich weiß auch nicht, wo der Name herkommt, aber er heißt halt so.« Schließlich zogen sie noch Gummistiefel an und verließen den Bauwagen. Sie gingen auf einem schmalen Pfad ein Stück bergauf in den Wald hinein und erreichten den Höhleneinstieg. Der Gang dahinter war eng. Gerade mal 80 Zentimeter breit und höchstens einen Meter 60 hoch. Man musste gebückt gehen. Die Wände waren durch Metallrohre, wie sie für die Gerüste in der Fabrik verwendet wurden, und Leitplanken, wie man sie von den Straßenrändern kannte, gesichert. Die Metallverbauungen glänzten feucht in der Dunkelheit. »Das Material stellt uns Müllerschön kostenlos zur Verfügung«, erklärte Lamparter. Die Stirnlampen erfassten zwei Männer, die schwere Eimer trugen und den beiden entgegenkamen. »Vorsicht«, rief einer. Severin erkannte Gollhofer. Den anderen Mann kannte er nicht. Sie drückten sich eng an die Wand, um die anderen vorbeizulassen. Gollhofer knurrte: »Was will denn der hier?« Es war nur für Lamparter bestimmt, aber Severin Kühn hatte es trotzdem gehört. Eine Antwort bekam Gollhofer nicht. Stattdessen sagte Lamparter: »Ich weiß nicht, wie viele Kübel Geröll wir schon rausgetragen haben. Tausende! Und was das Schlimmste ist, wir müssen das Zeug einmal im Vierteljahr auf eine Erdmülldeponie bringen. Vor der Höhle können wir's ja nicht liegenlassen.«

Der unterirdische Gang war gut 80 Meter lang und teilweise so niedrig, dass man nur auf Knien durchrutschen konnte. Am Ende kniete ein Mann mit einem Bohrhammer, den er im Licht seiner Stirnlampe in den Fels trieb. Das herabfallende Geröll schaufelte Kevin Beck in einen Eimer. Als der Mann mit dem Bohrer die Neuankömmlinge bemerkte, setzte er das Gerät ab, wischte sich den Schweiß von der Stirn und wendete sich ihnen zu. Erst auf den zweiten Blick erkannte Kühn den Buchhalter Schmied. Der grinste: »Körperliche Arbeit als Ausgleich für einen Schreibtischhocker. Sie haben einen guten Tag erwischt, Herr Kühn.« Vom Höhleneingang her kamen Gollhofer und sein Begleiter zurück.

»Das war aber nicht besprochen«, schimpfte Kevin Beck in Richtung Lamparter und warf Kühn einen bösen Blick zu.

»Jetzt passet amal auf!«, rief Schmied, zog ein Feuerzeug aus der Tasche und zündete es an. Er hielt das Flämmchen hoch und führte es auf eine Stelle in der Wand zu. Die Flamme legte sich quer in Richtung Ausgang. Seine Vereinskameraden jubelten. Befremdet sah Severin in ihre Gesichter. Schmied führte die Feuerzeugflamme weiter kreuz und quer vor der Felswand hin und her, und immer wieder erzielte er den gleichen Effekt. Fast feierlich sagte Georg Lamparter: »Dann sind wir doch auf dem richtigen Weg.«

»Du spürst den Luftzug sogar mit der Hand«, sagte Schmied.

Fast ehrfürchtig trat einer nach dem anderen vor und ließ seine Handfläche dicht vor dem Stein hin und her gleiten.

»Dahinter muss ein Hohlraum sein. Kein Zweifel!«, ließ sich Schmied wieder hören.

»Ein paar Wochen noch, und wir haben es geschafft«, sagte Georg Lamparter feierlich.

Am Abend war der Stammtisch im *Goldenen Ochsen* voll besetzt, selbst Georg Lamparter saß mit einer Apfelsaftschorle dabei. Otto Knäblich hatte ihn darum gebeten. Eine seltsame Spannung lag in der Luft. Erst als alle ihre Getränke hatten, ergriff Knäblich das Wort und richtete es direkt an Lamparter. »Wir fragen uns alle, was dich veranlasst hat, diesen Ossi mit in die Höhle zu nehmen.«

Georg Lamparter sah ihn verständnislos an. »Was soll denn dabei falsch gewesen sein?«

»Alles!«, stieß Gollhofer wütend hervor. »Die Höhlenforschung ist Sache unseres Vereins und geht sonst niemanden etwas an. Basta!«

»Jetzt mal langsam«, sagte Lamparter, kam aber nicht weiter.

»Ist dir eigentlich nicht bewusst, dass der Mann nichts anderes vorhat, als dich von deinem Posten zu verdrängen?«, fragte Knäblich.

Lamparter blieb ruhig. »Das sehe ich anders.«

»Aber wir sehen das alle genauso«, meldete sich Kevin Beck.

»Wir haben mal beschlossen, dass wir den nicht hochkommen lassen. Alle waren sich einig, dass man ihn so schnell wie möglich wieder loswerden muss«, sagte Gollhofer. »Und dann zieht der auch noch bei dieser Schlampe ein.«

Beck nickte heftig. »Gegen den Willen des Chefs. Das muss man sich mal vorstellen. Und wartet es nur ab: Unser Freund Lamparter macht ihn womöglich noch zum Dirigenten der Musikkapelle.«

»Dann steige ich aber aus«, rief Fritz Gollhofer.

»Der Verein muss sowieso über kurz oder lang einen neuen Vorsitzenden suchen«, sagte Lamparter.

»Warum das denn?«, fragte Frohnlechner.

»Ich werde so nach und nach meine Ämter abgeben.« Lamparter leerte sein Glas, gab Thekla ein Zeichen, dass er zahlen wolle, und wandte sich noch einmal der Tischrunde zu. »Ich verstehe euch nicht. Man muss doch nicht künstlich Probleme schaffen, die es bei etwas gutem Willen gar nicht gibt.«

»Bist du blind?«, schrie Gollhofer etwas zu laut. »Wir haben uns so für dich eingesetzt, und du ...?« Er rang nach Worten, fand sie aber nicht.

Lamparter sah kurz auf den Zettel, den Thekla vor ihn hingelegt hatte, legte Geld auf den Tisch, stand auf und schickte sich an zu gehen. »Ich danke euch, aber es wär nicht nötig gewesen. Einen schönen Abend noch.« Lamparter verließ die Gaststätte.

Kaum hatte sich die Tür hinter ihm geschlossen, sagte Knäblich: »Was ist bloß aus dem Lamparter geworden?«

»Er war schon immer feige. Und dieser Kühn hat ihn jetzt unter seiner Fuchtel«, ließ sich Gollhofer hören.

Karl Schmied, der den ganzen Abend nichts gesagt hatte, rückte näher an den Tisch heran und beugte sich ein wenig vor. »Solang der Chef ihn unterstützt, ist gegen Kühn wenig zu machen, Leute.«

»Das heißt noch lange nicht, dass ich den akzeptieren muss«, knurrte Gollhofer.

Noch leiser sagte Schmied: »Du und Kevin – ihr solltet euch nicht zu weit aus dem Fenster lehnen. Im Übrigen ist es nicht gesagt, dass alles immer so weitergeht wie bisher.«

Schlagartig herrschte Stille am Tisch. Alle Augen richteten sich auf den Buchhalter. Knäblich meldete sich. »Was willst du damit sagen?«

»Nichts!« Schmied lehnte sich wieder zurück. »Nur dass wir nicht zu sicher sein sollten.«

»Jetzt schwätz scho!«, rief Kevin Beck.

Schmied schüttelte den Kopf. »Dass wir diesen Kühn im Musikverein und im Höhlenverein nicht dabeihaben wollen, ist in Ordnung. Aber solang es im Betrieb mit ihm halbwegs läuft, sollten wir vorsichtig sein.«

Zu Hause angekommen, wählte Georg Lamparter, noch bevor er seine Jacke abgelegt hatte, Cornelia Biesingers Nummer, und sie war fast sofort am Apparat. »Ich wusste, dass du es bist!«

Lamparter erzählte der Freundin von dem Streit am Stammtisch. »Den Knäblich verstehe ich ja noch, der spielte bis jetzt alle Soli für Trompete im Blasorchester, und jetzt kommt da womöglich einer, der das hundertmal besser kann. Aber die Kollegen … die müssten doch auch merken, dass der Kühn tatsächlich eine Bereicherung für die Firma ist.«

»Aber ist er nicht auch dein Konkurrent?«

»Das denken alle, aber ich empfinde es nicht so.«

»Und bist du sicher, dass du recht hast?«

Lamparter schwieg.

»Hallo, bist du noch da?«

»Ja, natürlich. – Wie geht es dir denn?«

»Lenkst du jetzt ab?«

»Ja, vielleicht«, sagte Lamparter, »aber ich will's auch wirklich wissen.«

»Mir geht es gut. Und dir?«

»Mir auch. Mit Ausnahme der Tatsache, dass du nicht bei mir bist.«

»Dann komm doch zu mir«, rief Cornelia spontan.

»Wie bitte?«

»Hier findest du leicht einen Job.«

»Du meinst, ich soll umziehen? Cornelia! Ich lebe seit meiner Geburt in Heimeringen. Du kannst einen alten Baum, der solche Wurzeln hat wie ich, nicht mehr verpflanzen. – Könntest du denn hierherziehen?«

»Leicht würde es mir nicht fallen, gebe ich zu. Aber dir zuliebe …«

Das Gespräch stockte. Weder Georg noch Cornelia wussten so recht weiter. Schließlich sagte sie: »Lass uns das Thema vertagen, ja?«

»Ja«, sagte er und war erst einmal erleichtert.

23

Das Musikstück beim abschließenden Wertungsspiel des Landesmusikwettbewerbs für Blaskapellen durfte maximal zwölf Minuten lang sein. Als sie es komplett durchspielten, dauerte es knapp 20 Minuten. Greiner machte sich daran, die Musik zusammenzustreichen, und da gerieten sie zum ersten Mal aneinander. Severin Kühn wollte jede seiner kleinen musikalischen Ideen erhalten. Greiner wiederum hielt keinen seiner musikalischen Einfälle für verzichtbar. Am Ende fanden sie nur durch die Vermittlung Gretel Petersens zu einem Ergebnis mit zwölf Minuten Länge.

Bei einer der letzten Proben spielte Otto Knäblich zum ersten Mal die Solopartie ganz durch. Danach herrschte betretenes Schweigen im Orchester. Jedem der Musiker war klar, dass dieses Stück für den langjährigen Solotrompeter eine Überforderung war. Otto Knäblich hatte Tränen in den Augen, als er sagte: »Es hat keinen Wert! Ich schaff's nicht. Ich versaue euch den ganzen Auftritt.«

»Ich könnte Herrn Kühn fragen«, sagte Eberhard Greiner nach einer langen Pause.

»Wenn es nicht anders geht«, meinte Karl Schmied.

»Der macht das ja doch nicht«, meldete sich Gollhofer.

Greiner kämpfte mit sich, ob er den Musikanten klaren Wein einschenken und erzählen sollte, welche Rolle Severin Kühn bei der Komposition des Stückes gespielt hatte. Stattdessen sagte er: »Wenn ihr alle der Meinung seid, versuche ich's. Wer ist dafür?«

Außer Gollhofer und Beck hoben alle die Hand.

»Mit zwei Gegenstimmen angenommen«, rief der Dirigent erleichtert, und der Paukist haute drei Mal aufs Trommelfell.

Am Samstag, dem 20. Mai 1994, stiegen die Mitglieder der Blaskapelle Heimeringen frühmorgens um 7 Uhr in einen Bus, der sie nach Heilbronn brachte, wo die zweitägigen Wertungsspiele ab 11 Uhr vor einer strengen Jury beginnen sollten.

Das Blasorchester aus Heimeringen war in den letzten Jahren bei dem Wettbewerb nie besonders aufgefallen. Es war zwar schon zweimal in die Endrunde gekommen, hatte aber dann immer unter »ferner liefen« abgeschnitten. Allerdings hatte es sich auch noch nie so ehrgeizige Ziele gesetzt.

Die Starensembles kamen aus Lorch, Schwäbisch Gmünd, Rottweil, Waldenbuch und Tauberbischofsheim. Spöttisch erzählte man sich, der kleine Verein aus Heimeringen wolle jetzt sogar mit einer eigenen Komposition auftreten.

Am Samstagabend zeichnete sich schon ein Sieg der Waldenbucher ab, die unter der Leitung eines akademischen Musikers spielten, der landesweit als bester Dirigent unter den Leitern von Blasmusikkapellen galt und auf den schönen Namen Freivogel hörte.

Am Sonntag um 11 Uhr wurden die Heimeringer auf die Bühne gerufen. Das Orchester begann etwas unsicher, aber als der Solist seine ersten Takte spielte, änderte sich die Atmosphäre in der Heilbronner Festhalle schlagartig. Man erkannte das Motiv. Die Jurymitglieder, eigentlich schon leicht ermüdet, wirkten plötzlich sehr aufmerksam, nickten sich verstohlen zu, machten sich Notizen. Es folgte ein Orchesterzwischenspiel, piano, sehr zurückgenommen, was für eine Blaskapelle, wie jeder wusste, das Schwerste war. Dann plötzlich ein Crescendo, und wieder erhob sich der Klang der Solotrompete hoch über das Ensemblespiel und glitt dann harmonisch in die letzten elegischen Töne hinüber – *Behüt' dich Gott, es hat nicht sollen sein*. Kurze Stille, dann brandete Beifall auf, aus dem einzelne Bravorufe herauszuhören waren.

Die Musikkapelle erhielt von der Jury die höchsten Noten. Heimeringen hatte gewonnen.

Die Mitglieder der Blaskapelle hatten bereits nach der Verkündigung ihres Sieges und der Überreichung des Schecks über 20.000 Mark an ihren Präsidenten Georg Lamparter zu feiern begonnen. Für die Rückfahrt hatten ein Posaunist und der Mann mit der Pauke ein paar Kisten Bier besorgt. Ihr Bus hatte das Stuttgarter Dreieck auf der Autobahn noch nicht erreicht, als die meisten sich selig, »So ein Tag, so wunderschön wie heute« singend, in den Armen lagen. Severin Kühn saß in sich versunken alleine auf der letzten Zweierbank weit hinten. Er schreckte auf, als sich plötzlich einer der Männer auf den Sitz neben ihm plumpsen ließ. Es war Kevin Beck. Dass er angetrunken war, ließ sich nicht übersehen. »Ich sag dir eins«, rief er laut und legte seine Hand auf Severins Schulter, »dafür verzeih ich dir alles!«

Kühn lachte kurz auf. Es lag ihm auf der Zunge zu sagen: »Auch die Sabotage in Laichingen?« Aber er brummelte nur: »Ich hätte gerne meine Ruhe.«

»'tschuldigung!« Beck trollte sich wieder zu den anderen.

Kurz danach setzte sich Georg Lamparter neben Severin. »Das ist wirklich ein großer Tag für uns, und dafür möcht' ich mich bedanken.«

»Keine Ursache«, antwortete Severin. »Die Musiker sind wirklich über sich hinausgewachsen.«

Nach der Rückkehr wurde im *Goldenen Ochsen* weitergefeiert. So gegen 22 Uhr am Abend fragte Karl Schmied: »Hat denn jemand dem Chef Bescheid gesagt?«

»Mensch, das hab ich ganz vergessen«, rief Lamparter, der es geschafft hatte, im Bus und am Stammtisch mit seinem Mineralwasser zurechtzukommen. »Ich ruf sofort an.« Er ging zur Theke und ließ sich von Thekla das Telefon geben, wählte die Privatnummer Müllerschöns und hatte sofort Verbindung. Aber er konnte nur zwei Worte sagen, da wurde er schon unterbrochen. Heftig gestikulierte er in Richtung seiner Musikkameraden, sie sollten still sein. Dann hörte man, wie er sagte: »Mein Gott, das ist ja furchtbar!« Er lauschte eine ganze Zeit und sagte schließlich: »Wir alle sind in Gedanken bei Ihnen, Frau Müllerschön.« Er legte den Hörer langsam in die Gabel zurück. Alle Augen waren auf ihn gerichtet. Er kehrte an seinen Platz zurück, ließ sich auf den Stuhl fallen und sagte: »Der Chef liegt im Krankenhaus. Er ist ohne Bewusstsein. Man weiß noch nicht genau, was es ist.«

24

Schon früh am Montagmorgen saßen sie im Wintergarten der Villa: der alte Karl Josef Müllerschön, seine Schwiegertochter, Georg Lamparter, Karl Schmied und Severin Kühn. »So was kommt nicht von ungefähr«, sagte Marianne Müllerschön. »Das Geschäft hat ihn krank gemacht.«

»Wir haben es zu lange laufen lassen«, sagte der Buchhalter Schmied sichtlich bedrückt.

»Was denn?«, fragte Kühn.

»Der Herr Müllerschön hat immer gesagt, seine große Spezialität sei die Steuervermeidung. Aber … na ja … das stimmt, solange die … ähm … die Maßnahmen legal sind. Die Steuerprüfung hat aber jetzt ergeben …«

»Wenn wir da Schulden haben, müssen wir sie halt bezahlen«, schnarrte der alte Müllerschön.

»Ja. Die Frage ist nur: mit welchem Geld. Nach meinem Dafürhalten muss die Firma Insolvenz anmelden«, sagte Karl Schmied.

»Mein Mann hat das schon seit längerer Zeit geahnt. Und als er nun das ganze Ausmaß gesehen hat – da ist er zusammengebrochen.«

»Und wie geht es ihm jetzt?«, fragte Severin.

»Er liegt im Koma. Man hätte vielleicht früher etwas machen können. Das Aneurysma hätten die Ärzte bestimmt entdeckt. Aber mit seinem guten Freund Doktor Hauenstein hat er lieber ein paar Viertele Rotwein getrunken, als sich von ihm gründlich untersuchen zu lassen. Er kam spät am Freitagabend in die Klinik nach Ulm und wurde sofort operiert, aber die geplatzte Arterie ist dicht am Herzen. Viel Hoffnung machen mir die Ärzte nicht.«

»Leider hat er nicht auf mich gehört«, sagte Schmied leise, es war fast ein Flüstern. Der Buchhalter hatte den Kopf tief gesenkt und fuhr dann noch leiser fort: »Er hat ja noch alles Mögliche versucht, auch an der Börse ...«

»Schluss jetzt! Darüber wird nicht geredet!«, rief der alte Müllerschön.

»Das lässt sich jetzt nicht mehr verschweigen Schwiegervater«, herrschte ihn Marianne Müllerschön an. »Leider hat er sich verspekuliert.«

»Wenn ich sage, da wird nicht drüber geredet, dann wird nicht drüber geredet!« Die Stimme Karl Josef Müllerschöns überschlug sich.

Seine Schwiegertochter blieb kühl: »Wollen wir uns darauf einigen, dass ich das Sagen habe, solang Albert nicht dazu in der Lage ist?« Severin Kühn hatte den Eindruck, als habe sie sich längst auf die Situation vorbereitet.

Ihr Schwiegervater stand auf, stützte sich schwer auf seinen Stock und stieß ihn bei jedem Schritt heftig auf den Boden, als er jetzt den Raum verließ und die Tür laut hinter sich zuschlug.

Die Dame des Hauses wendete sich an den Betriebsleiter. »Herr Lamparter, Sie werden sich um alles Weitere kümmern. Mein Mann hat sich schon letzte Woche mit dem Rechtsanwalt Doktor Leiprecht beraten, und der fürchtet, die Insolvenz wird kaum abzuwenden sein.«

»Entschuldigung«, meldete sich Severin Kühn, »was genau versteht man denn darunter?«

»Das ist ganz einfach«, erklärte Schmied. »Wenn die Ausgaben auf die Dauer höher sind als die Einnahmen, kommt es zur Insolvenz.«

»Und die Folge?«

»Bei Unternehmen gibt es drei Möglichkeiten: auflösen, verkaufen oder sanieren.«

Frau Müllerschön beugte sich zu Lamparter hinüber und reichte ihm ein Kärtchen. Hier ist die Visitenkarte von Doktor Leiprecht. »Er wird gegen 11 Uhr in der Firma sein.«

»Werden Sie dazukommen?«, fragte Lamparter.

»Nein, aber halten Sie mich bitte auf dem Laufenden, ja?«

Marianne Müllerschön erhob sich aus ihrem Korbsessel. »Ja, das war's erst mal, meine Herren!«

Alle Maschinen standen still, als Kühn, Schmied und Lamparter in die Fabrik kamen. Die Mitarbeiter debattierten in verschiedenen Gruppen, unterbrachen aber jetzt ihre Gespräche und schauten den Neuankömmlingen entgegen.

»Was ist jetzt?«, fragte Kevin Beck.

»Wir machen am Nachmittag eine Betriebsversammlung«, kündigte Lamparter an, »da werden wir euch unterrichten.«

»Kein Grund, die Arbeit einzustellen, meine Herren!«, meldete sich Severin Kühn. »Wir haben Termine!«

»Er nun wieder«, maulte Fritz Gollhofer.

»Sie haben uns gar nichts zu sagen!«, rief ein anderer.

»Bitte, Leute!«, versuchte Lamparter zu beschwichtigen.

»Er mit seinen Ideen alleweil!«, rief ein weiterer Arbeiter. »Diese komischen Traktorhäusle. Grad amal zwei Stück haben wir davon verkauft! Und die Fußgängertunnel kosten uns mehr, als wir dran verdienen. Aber alleweil bloß a großes Maul!«

Zustimmendes Gemurmel.

»Seitdem der Ossi da ist, läuft's doch schief«, hieb nun Gollhofer in die gleiche Kerbe.

»Leute, ihr redet euch da was ein«, sagte Lamparter.

»Und du lässt dich von dem um den Finger wickeln. Meinst du, wir haben das nicht gesehen«, rief einer der Arbeiter.

Sie werden mir die Schuld geben, fuhr es Severin Kühn durch den Kopf. Er kannte das von früher, wenn es zu Problemen kam, suchte man einen Sündenbock.

Als Kühn und Lamparter an ihren Schreibtischen Platz genommen hatten, seufzte Lamparter. »Hast du sie jetzt unbedingt wieder zur Arbeit antreiben müssen?«

»Ja gut. Das wäre deine Aufgabe gewesen. Aber du hast ja nichts gesagt. Es gibt doch keinen Grund, die Arbeit einfach liegen zu lassen.«

Lamparter sah den Kollegen über die zwei Tische hinweg nachdenklich an. »Du hast recht, trotzdem ...«

Sie schwiegen. Jeder ging vermeintlich einer Arbeit nach, aber keiner der beiden war bei der Sache. Schließlich hob Lamparter wieder den Kopf. »Ich kann das nicht!«

»Bitte?«

»Ich bin kein Chef und schon gar kein Antreiber. Bis jetzt hat Müllerschön alles klar bestimmt, und ich habe sozusagen zwischen ihm und den Leuten vermittelt, wenn du verstehst, was ich meine. Ich bin vielleicht ein guter zweiter Mann, aber kein Chef.«

Kühn sah überrascht zu Lamparter hinüber. »Aber in den Vereinen, wo du überall im Vorstand bist, hast du doch auch das Sagen.«

Lamparter winkte ab. »Grad da geht es doch ewig nur darum zu vermitteln, nicht zu befehlen. Du bist da ein ganz anderer Typ!«

»Aber dich mögen die Leute!«

»Das ist ja vielleicht gerade der Fehler«, gab Lamparter zurück.

Nach einer längeren Pause fuhr er fort: »Eigentlich muss es doch bei euch drüben so gewesen sein, dass man gar keinen Chef brauchte.«

Kühn lachte auf. »Der wahre Sozialismus. Wir haben zwar immer alles besprochen, aber wenn am Ende nicht einer klar entschieden hat, ging nichts vor und nichts zurück. Da hat sich ganz von selbst eine Hierarchie herausgebildet, und wo das nicht der Fall war, hat auch nichts funktioniert.«

»Und die Leute haben sich dem unterworfen?«

»Ja. Die meisten wenigstens. Es wollte ja auch kaum einer in die Verantwortung gehen. Es war bequemer so, und Kämpfe untereinander haben sich schon gar nicht gelohnt. Es war ja sowieso klar, dass am Ende die Partei entschieden hat, und solang man die draußen halten konnte, war's gut.«

Lamparter nickte ein paar Mal, und plötzlich sagte er überraschend: »Ich werde Frau Müllerschön vorschlagen, dass du die Betriebsleitung übernimmst, solange der Chef krank ist.«

»Was?«

»Ja, ich bin damit einfach überfordert.«

»Das würde nicht gut gehen«, sagte Severin Kühn. »Die Leute würden mich nicht akzeptieren.«

»Du würdest dich durchsetzen«, antwortete Lamparter.

Kühn schüttelte den Kopf. »Nicht gegen diese schwäbischen Dickschädel, Georg.«

Gudrun Hammerstein, Müllerschöns Sekretärin, erschien im Verschlag der beiden und meldete, der Rechtsanwalt Doktor Leiprecht sei eingetroffen. Sie habe ihn am Fabriktor erwartet und in Müllerschöns Büro begleitet. Lamparter sah auf die Uhr. »Pünktlich wie die Maurer beim Feierabend!«

Als sie im Glaskasten ankamen, saß dort schon Karl Schmied mit einem Berg von Aktenordnern. Der Anwalt stand am Fenster und sah auf die Maschinenhalle hinab.

Doktor Felix Leiprecht war ein Mann Mitte 30, dem man ansah, dass er regelmäßig Sport trieb. »Drei Mal in der Woche Tennis und gelegentlich Golf«, wie er auf eine spätere Frage Kühns antwortete.

Sie nahmen am Besprechungstisch Platz, und Fräulein Hammerstein servierte Kaffee und Plätzchen.

Leiprecht bat Schmied, seine Einschätzung der Situation vorzutragen.

»Die Steuerschuld von 427.488 Mark ist leider unbestreitbar.«

»Das ist ja doch keine so hohe Summe«, sagte der Anwalt, »die müsste man mit Hilfe Ihrer Hausbank aufbringen können.«

»Dazu kommen Schulden bei Lieferanten, die ich im Augenblick nur grob schätzen kann. Aber die liegen etwa in der gleichen Höhe. Und die Bank mauert.«

»Was heißt das?«

»Nun, Herr Müllerschön hat quasi das ganze Firmenkapital per Privatentnahme ... wie soll ich sagen ... abgeräumt. Zudem hat er, wie ich erst gestern von seiner Frau erfahren habe, für Kredite sein Haus und Teile der Firma belastet ...«

»Ja, um Gottes willen, wofür denn?«, fuhr Kühn dazwischen.

Schmied sah ihn an, als ob er sagen wollte: Das geht Sie doch nichts an, wendete sich dann aber wieder an Leiprecht: »Das Geld war ... sagen wir mal ... es war für seine persönlichen Angelegenheiten.«

»Genauer?«, fragte der Anwalt.

»Nun, er hat sich an der Börse verspekuliert, außerdem war er gelegentlich in der Spielbank in Konstanz und hatte dort auch kein Glück.«

»Aha«, sagte der Anwalt. »Ich werde mir die Unterlagen genau anschauen, und dann müssen wir sehen, ob wir vielleicht doch Bankenkredite kriegen können, die ein Weitermachen erlauben, oder wir müssen versuchen, einen Käufer oder einen finanzstarken Partner für das Unternehmen zu finden. Und auf jeden Fall muss ich ein Gutachten über den Wert der Firma einholen.«

»Ich habe von Herrn Müllerschön einen Firmenwagen bekommen«, sagte Severin Kühn, »den gebe ich selbstverständlich zurück.«

Der Anwalt lachte: »So weit sind wir noch lange nicht. Jetzt schauen wir erst einmal, wie hoch die Zahlungsverpflichtungen wirklich sind. Das Gericht wird sich die Unterlagen ansehen. Es wird auch die Vermögenswerte prüfen – zu denen gehört dann möglicherweise Ihr Auto, Herr Kühn – um festzustellen, ob die Verfahrenskosten abgedeckt sind. Im positiven Fall eröffnet der Richter ein Verfahren und bestimmt den Insolvenzverwalter, wobei er in aller Regel dem Vorschlag des Betroffenen folgt, womit dann gesichert wäre, dass ich den Fall übernehmen kann.«

Severin Kühn hatte sich fest vorgenommen, bei der Betriebsversammlung nichts zu sagen. Die Mitarbeiter versammelten sich um 17 Uhr in der Kantine. Lamparter gab in kargen Sätzen wieder, was Doktor Leiprecht gesagt hatte.

In der Diskussion meldete sich als Erster Fritz Gollhofer: »Wahrscheinlich hat sich der Herr Müllerschön ja mit der DDR-Firma verhoben, die er von der Treuhand gekauft hat.«

Severin Kühn schüttelte nur den Kopf, sagte aber nichts.

»Nein«, antwortete Karl Schmied, »das war ein sehr solides Geschäft. Die Probleme liegen ganz woanders.«

»Nämlich?«, rief einer der Arbeiter.

»Herr Müllerschön hat zu viel Geld privat aus dem Unternehmen gezogen. Mehr will ich dazu im Augenblick nicht sagen.«

»Und wenn uns ein anderes Unternehmen kauft?«

»Dann könnte es sein, dass es mehr an unserem Kundenstamm als an unseren Fabrikationsanlagen interessiert ist«, gab Schmied Auskunft.

»Das muss man auf jeden Fall verhindern!«, rief Kevin Beck.

Und nun sagte Severin Kühn doch etwas: »Oder wir übernehmen die Firma selber.«

»Hä?«, machten gleich mehrere Kollegen.

»Die Betriebsangehörigen als Genossenschaft.«

»Den Betrieb sozialisieren, meinen Sie?«, fragte der Buchhalter Schmied.

»Das ist das falsche Wort«, wollte Kühn sagen, kam aber nicht mehr dazu.

»Der Kommunist!«, schrie einer, und ein anderer rief: »Die fünfte Kolonne der DDR!« Und ein anderer: »Was soll denn der Scheiß!«

»Ihr habt es nicht verstanden«, sagte Severin Kühn, als er endlich wieder zu Wort kam.

»Natürlich nicht! Wir sind ja blöd!«, schrie Gollhofer. »Da muss erst so ein Klugscheißer aus Berlin daherkommen ...«

Kühn versuchte, ruhig zu bleiben. »Ich würde das Modell gerne nochmal erklären.«

»Du hältst jetzt das Maul, ja, oder du kriegst gleich ein paar in die Fresse!«, rief der, der zuerst »Kommunist« gerufen hatte.

Severin Kühn stand wortlos auf und verließ die Kantine. Im Hinausgehen hörte er noch, wie einer schrie: »Der hat doch von Anfang an nur gewollt – hier Chef zu werden.«

Erst als Kühn draußen war, sagte Otto Knäblich, der kurz vor der Rente war: »So dumm ist die Idee gar nicht. Wenn wir alle zusammenlegen und eine Bank finden, die uns hilft – wir wären dann alle am Gewinn der Firma beteiligt.«

»Jetzt, wo du das sagst ...«, rief Beck.

Lamparter lächelte. »Ja, gell, es ist immer die Frage, wer was sagt.«

»Du musst doch den nicht in Schutz nehmen«, schrie Gollhofer, »der war von Anfang an nur auf deinen Job spitz, und du merkst das gar nicht!«

»Zur Sache, Leute«, rief Karl Schmied bestimmt. »Der erste Schritt wäre vielleicht ein Lohnverzicht von uns allen.«

»Was?«, schrie Gollhofer.

»Versteh mich nicht falsch, Fritz, kein vollkommener Verzicht, nur eine Einschränkung.«

»Wenn das funktioniert«, Luigi Ricci sprang auf und sang plötzlich »Avanti popolo – Bandiera rosso ...«, wurde aber von den anderen niedergezischt. »Scusa, Entschuldigung«, sagte er kleinlaut und setzte sich wieder.

Georg Lamparter hatte vorgehabt, seinen Kollegen mitzuteilen, dass er es sich nicht zutraue, die Firma zu führen. Aber dies jetzt zu sagen und gleichzeitig Severin Kühn vorzuschlagen, hielt er in der augenblicklichen Stimmung dann doch für keine gute Idee.

25

Gretel Petersen hatte gekocht und ein paar Leute eingeladen: den Dirigenten Eberhard Greiner, Georg Lamparter als Vorsitzenden des Musikvereins, Luigi und
seine Freundin, ihren Bruder Ole, Severin Kühn natürlich und den Pfarrer. Sie wollte für die glorreichen Sie-
ger des landesweiten Musikwettbewerbs ein kleines Fest
geben. Und sie hatte noch einen Grund: Der Schuppen
hinter dem Haus war fertig geworden, und so sollte es
auch eine Einweihungsfeier für Severin Kühns neue
Behausung werden, in die er am nächsten Wochenende
umziehen wollte. Von den Problemen der Müllerschön-
Werke hatte Gretel nichts mitbekommen, zumal sie an
diesem Tag ungewöhnlich viele Patienten gehabt hatte.
Einer von ihnen habe sie nach Severin Kühn gefragt,
erzählte sie ihrem Mitbewohner, bevor die Gäste kamen.

»Und? Wer war das?«

»Er ist erst das zweite Mal da gewesen.«

»Wie heißt er denn?«

»Korbinian Koppendörfer«, sie lachte kurz auf. »Wegen des Vornamens verflucht er bis heute seine Eltern.«

»Ich hab von dem Mann noch nie gehört.«

»Aber er offenbar von dir. Vielleicht hat es mit eurem Musikstück zu tun. Jedenfalls sagte er, er würde dich gerne kennenlernen. Komm, hilf mir mal in der Küche, sonst schaff ich das nie.«

Es wurde kein sehr fröhlicher Abend. Auch wenn sie sich noch so bemühten, über andere Dinge zu reden, sie kamen doch immer wieder auf das drohende Aus für die Müllerschön-Werke zurück.

Erst als sie in den renovierten Schuppen hinübergingen, um ihn zu besichtigen, kam ein wenig Stimmung auf.

»Und das hast du alles alleine geschafft?«, fragte Greiner voller Bewunderung.

»Nein, Ole, Gretel und auch Luigi haben mir geholfen.«

Der Raum war mit hellem Holz verkleidet. Auf beiden Längsseiten hatte Severin Sprossenfester eingebaut. Der Dielenboden glänzte in mattem Braun. An der Rückwand befanden sich eine Küchenzeile und ein Duschbad. Sonst war der Raum unverändert und machte einen großzügigen Eindruck. Ein Arbeitstisch, der auch als Esstisch dienen konnte, stand links von der Eingangstür. Auf der gegenüberliegenden Seite befand sich eine gemütliche Sitzecke. Ein bemalter Schrank direkt neben dem Eingang, den Severin auf einem Flohmarkt billig erstanden und restauriert hatte, diente als Garderobe. Auf einem Sideboard stand eine Musikanlage. Eine steile Holztreppe führte zum Dachboden hinauf, wo Severin sein Schlafzimmer eingerichtet hatte.

Sie hatten ihre Getränke mitgenommen und machten es sich in der Sitzecke gemütlich. Als sie noch einmal auf den grandiosen Sieg der Musikkapelle getrunken hatten, sagte Severin: »Wenn ich nicht einziehe, kann Gretel hier ihre Praxis einrichten.«

»Was soll denn das heißen?«, fragte Luigi.

»Ich sage ja nur: wenn. Es weiß ja niemand, wie es hier weitergeht.«

Die Gäste gingen früh. Gretel und Severin setzten sich ins Wohnzimmer und verteilten den restlichen Wein auf ihre Gläser. Es dauerte eine Zeit, bis die Hausherrin endlich das Wort nahm. »Wie ernst ist es dir denn?«

»Was meinst du?«

»Dass du gar nicht drüben einziehen willst.«

»Das ist doch klar. Wenn die Firma nicht überlebt, habe ich hier auch keine Perspektive mehr.«

»Du meinst, du würdest hier in der Gegend keinen Job finden?«

»Es ist noch etwas anderes.« Severin schwieg.

»Hat es mit mir zu tun?«, fragte Gretel.

Er schüttelte den Kopf. »Überhaupt nicht. Ich bin offensichtlich im Betrieb verhasst.«

»Sag lieber: nicht besonders beliebt.«

»Nein, es ist mehr. Außer Lamparter, Knäblich vielleicht und Luigi natürlich lehnen mich die Leute ab.«

»Das kann sich ändern.« Sehr überzeugend klang Gretel nicht.

Severin schüttelte den Kopf. »Ich bin immerhin schon ein halbes Jahr da. Zwischendurch sah es mal so aus, als würde ich es schaffen, halbwegs akzeptiert zu werden, als Lamparter mich zu den Höhlenforschern eingeladen hat zum Beispiel, und natürlich nach dem Konzert, bei dem wir gewonnen haben. Aber bei der Betriebsversammlung heute war ich mal wieder der Buhmann, grade so, als sei ich für den Bankrott des Ladens verantwortlich.«

»Vielleicht bist du zu empfindlich?«

»Das hat mir eigentlich noch nie jemand nachgesagt.« Severin trank den Rest Wein in seinem Glas auf einen Zug aus. »Ich geh rauf in meine Kammer.« Er stand auf.

»Muss das unbedingt sein?« Sie erhob sich ebenfalls.

»Bitte?«

»Es gibt Momente im Leben, da ist man besser nicht allein«, sagte Gretel und umarmte ihn. Erst nach einer ganzen Weile wich die Anspannung aus Severins Körper, und er konnte seine Arme um sie legen. »Du hast recht!«

26

Korbinian Koppendörfer war ein Mann um die 50. Wohlgesinnte nannten ihn stattlich, andere schlicht dick. Als Severin Kühn das Büro betrat, erhob der Mann sich schwerfällig aus seinem bequemen Stuhl und schob seinen schweren Körper um den Schreibtisch herum. Er war fast zwei Meter groß. Auf dem riesigen Körper saß ein mächtiger Schädel. Das braun gebrannte Gesicht zierte ein Schnurrbart, der tief über seinen Mund herabhing, sodass man seine Lippen beim Sprechen kaum sehen konnte. Sein volles Haar hatte er in der Mitte gescheitelt und in zwei breiten Strähnen so nach hinten gekämmt, dass sie die Ohren frei ließen. Aus dunklen Augen, deren Farbe im dämmrigen Licht des Büros nicht zu bestimmen war, sah er den Besucher freundlich an.

Koppendörfer hatte schon am frühen Morgen bei Gretel Petersen angerufen, um einen neuen Termin für eine Behandlung zu vereinbaren, eher beiläufig hatte er sich nach Severin Kühn erkundigt. »Darf ich Sie fragen, warum Sie ihn sprechen wollen?«, fragte Gretel.

»Ob ich ihn sprechen will, weiß ich gar nicht so genau, und wenn, würde ich Ihnen nicht sagen, warum.«

»Ja, wollen Sie nun mit ihm reden oder nicht?«

»Wenn er am Samstag Zeit hat, könnt' er zu mir nach Tübingen kommen. Ich wohne auf dem Österberg. Blick auf die Schwäbische Alb. Kennen Sie wahrscheinlich.«

Gretel verneinte und ließ sich die genaue Adresse geben. »Aber warum soll er nun kommen?«, fragte sie.

»Das wird er dann sehen. Es wird gewiss nicht sein Schaden sein.«

Einen Behandlungstermin vereinbarten sie auf den kommenden Montag. »Ich erwarte von Ihnen, dass Sie den Diätplan einhalten«, sagte Gretel bestimmt.

»Fällt mir zwar schwer, aber ich mach's.«

Koppendörfer reichte Severin Kühn die Hand. »Kommen Sie! Das müssen Sie sich anschauen!« Er fasste seinen Besucher am Ellbogen und führte ihn durch ein zweites Zimmer auf einen breiten Balkon hinaus. Mit einer raumgreifenden Geste wies er zu dem lang gezogenen Steilabfall der Schwäbischen Alb hinüber, der den Horizont im Norden begrenzte. »Ist das nicht herrlich! Die blaue Mauer hat Mörike die Alb genannt. Im Licht am Vormittag kommt sie mit all ihren Schattierungen zwischen Blau, Grau und Schwarz besonders zur Geltung, finden Sie nicht?«

Severin nickte, sagte aber nichts.

»Besonders begeistert scheinen Sie nicht zu sein, dabei sind Sie doch ein künstlerischer Mensch!«

Severin schüttelte den Kopf. »Ich bin gelernter Werkzeugmacher und hab mich auf Metallverarbeitung spezialisiert.«

»Und Sie spielen Trompete wie ein junger Gott! Ich hab Sie in Heilbronn gehört.«

Überrascht sah Severin Kühn seinen Gastgeber an.

»Ja, gucken Sie nicht so, ich bin im Vorstand der Württembergischen Blasmusikvereinigung. Man hat halt so den einen oder anderen ehrenamtlichen Job in meiner Position. Ihr Chef ja auch.«

»Herr Müllerschön?«

»Ja sicher, wir sind zusammen bei den *Rotariern*, außerdem ist er ein Bundesbruder von mir.«

»Muss man da nicht studiert haben?«

»Hat er! Hat er! Weiß bloß kaum einer. Ja, wenn er noch promoviert hätte … hat er aber nicht. Was soll's, Schwamm drüber. Kommen Sie, setzen wir uns.«

Sie gingen in sein Büro zurück. »Meistens arbeite ich hier, obwohl meine Produktionsstätten in Reutlingen sind. Aber die Entscheidungen, die ich treffen muss, kann ich überall treffen, wenn's sein muss in meiner Badewanne.«

Er setzte sich wieder und wies Kühn mit einer Geste an, den Besucherstuhl vor seinem Schreibtisch einzunehmen.

»Dem Albert Müllerschön geht's schlecht. Ich hab heut Morgen in der Klinik angerufen. Die dürfen ja keine Auskunft geben, ärztliches Geheimnis, versteht man ja. Aber seine Frau war dort, und die hab ich dann an den Apparat bekommen.«

Severin Kühn hörte aufmerksam zu, gespannt darauf, was Koppendörfer wohl von ihm wollte.

»Jetzt zu uns! Sie haben den Betrieb in Berlin trotz aller Schwierigkeiten prima geleitet. Ich hab mich erkundigt. Dass Sie in Heimeringen Schwierigkeiten haben, ist mir bekannt. Und jetzt frage ich Sie: Trauen Sie es sich trotzdem zu, vorübergehend und später vielleicht endgültig die Betriebsleitung dort zu übernehmen?«

Severin Kühn starrte den mächtigen Mann auf der anderen Schreibtischseite sprachlos an.

»Ist doch eine einfache Frage!«

»Nein, das ist sie nicht! Aber warum stellen Sie sie mir überhaupt?«

»Ist doch klar, oder? Die Firma Müllerschön passt wie gespuckt in mein Portfolio. Ich würde sie gerne übernehmen. Liegt ja wie eine reife Frucht auf dem Tisch, nicht wahr? Ich muss nur zugreifen. Es ist ja kein großer Laden. Aber mit Perspektive. Über die wüsste ich allerdings gerne mehr, bevor ich mich entscheide.« Er schob ein Blatt Papier über den Tisch. »Das ist die Auflistung der Fragen, die ich gerne beantwortet hätte.«

»Von mir?«

»Ja, von wem denn sonst? Mit Ihnen rede ich doch grade. Schreiben Sie mir zu jedem Punkt …« – er hämmerte mit der Kuppe seines Zeigefingers auf dem Blatt herum – »... schreiben Sie mir zu jedem Punkt Ihre Einschätzung.«

»Und warum sollte ich das tun?«

»Weil ich Sie dafür gut bezahle, und weil Sie sich damit selbst eine Chance für Ihre Zukunft verschaffen.«

Severin zog den Zettel zu sich heran und überflog, was da geschrieben stand. »Das ist nicht so einfach ...«

»Ja, wenn's einfach wär, könnt's ja jeder andere auch machen. Ich brauche die Antworten schnell, Herr Kühn.«

»Wie schnell?«

»Zwei Tage, lieber morgen!«

Severin stand auf. »Gut, ich überleg's mir.«

Koppendörfer stemmte sich aus seinem Schreibtischstuhl hoch. »Machen Sie sich nicht zu viele Gedanken, das ist nicht gut.« Er reichte Kühn die Hand. »Montag bin ich sowieso bei Frau Petersen, bis spätestens dann erwarte ich Ihre Antwort!«

Der Mann hatte gut reden. Nicht zu viele Gedanken machen, dabei schien es ihm, als stürmten sie von allen Seiten auf ihn ein. Was würde das bedeuten, hier im Westen plötzlich einen Betrieb zu leiten, und sei es auch nur vorübergehend? Eine Menge Menschen waren in den letzten Jahren in den Osten gezogen und hatten dort Spitzenpositionen übernommen, okkupiert eigentlich, Stellen, die sie höher qualifizierten Ostlern wegnahmen, nur weil die in der Partei gewesen waren. Nicht die Qualifizierung galt, sondern die politische Unbedenklichkeit. Dabei hatten die meisten von denen aus dem Westen auch Parteibücher, aber halt die richtigen. Manch einer von denen, die es im Westen nie und nimmer zu einer Professur gebracht hätten, glänzte plötzlich mit seinem Professorentitel aus dem Osten. Musste es da nicht besonders reizvoll sein, als Ostler Manager eines westlichen Betriebs zu werden? Es brauchte freilich keine besondere Fantasie, sich die Widerstände auszumalen.

Severin Kühn fuhr so langsam zurück, dass er immer wieder von ungeduldigen Autofahrern angehupt wurde. Sollte er Ole fragen oder Gretel? Unsinn. Die hatten ja keine Ahnung davon, was im Betrieb los war. Der Einzige, der infrage käme, wäre Georg Lamparter gewesen. Aber Frau Müllerschön hatte ja bereits Georg die Leitung des Unternehmens in die Hände gelegt.

In Heimeringen angekommen, lenkte Severin seinen Golf in das schmale Tal, das zu der Station der Höhlenforscher führte. Er wusste ja, dass die Forscher jeden Samstag gruben. Auf der Wendeplatte stellte er sein Auto ab, stieg aus, lehnte sich gegen die Karosserie und zündete sich eine Zigarette an. Es war einer der ersten wirklich warmen Frühlingstage. Seltsam, dass ihm das erst jetzt bewusst wurde. Aus dem Inneren des Bergs hörte man leise das Rattern des Schlaghammers. Plötzlich Jubelschreie, die näher kamen. Severin Kühn stieg rasch in sein Auto und fuhr davon. Wenn die Höhlenforscher just an diesem Tag den Durchbruch erzielt hatten, wollte er sie in ihrer Begeisterung nicht stören.

In der Johannesgasse traf er auf Gretel, die hinter dem Haus einen Liegestuhl aufgebaut hatte und sich nackt sonnte. Als er zu ihr trat, sah sie blinzelnd auf. »Nun? Was hat er gewollt, der Riese Koppendörfer?«

Severin ließ sich im Gras auf den Rücken fallen.

»Er will die Müllerschön-Werke kaufen.«

»Ich hab mir schon so etwas gedacht. Und? Macht er dich zum Chef?«

Severin sah überrascht zu seiner Freundin hinüber. »Könntest du dir so was vorstellen?«

»Ja, warum denn nicht?«

»Erst mal will er von mir so eine Art Expertise darüber, wie ich die zukünftigen Möglichkeiten der Firma einschätze.«

Gretel schlug ihre nackten langen Beine übereinander und dehnte ihre Arme hinter dem Kopf. »Schaffst du das?«

»Weiß nicht. Ich kann's versuchen.«

»Ja, dann mach das doch!«

Alle Fragen des Tübinger Unternehmers konnte er nicht beantworten, aber einige schon. Der augenblickliche Auftragsbestand war leicht darzustellen, ebenso die technischen Möglichkeiten, die der Betrieb über die Produktionspalette hinaus entwickeln konnte. Über die finanziellen Verbindlichkeiten wusste er nicht mehr, als Karl Schmied bei der Besprechung mit Rechtsanwalt

Leiprecht erzählt hatte, konnte so aber immerhin ungefähr die Summen der Zahlungsverpflichtungen gegenüber Lieferanten und der Kredite bei der Bank angeben.

Ausführlich beschrieb er die mögliche Expansion
beim Bau von Fußgängerschutztunneln. Der Idee, Füh-
rerkabinen für alte Traktoren zu bauen, und die, wie er
notierte, von ihm stammte, funktioniere gut, aber der
Markt dafür sei begrenzt und sicher bald gesättigt. Aber
er hielt es für möglich, wieder Leitplanken für Straßen und Autobahnen herzustellen, wofür freilich eine
drastische Ausweitung der Produktionsmöglichkeiten
nötig sein würde, was man sich aber beim Zusammenge-
hen mit den Koppendörfer-Werken durchaus vorstellen
könne. Statistische Fragen über die Zahl der Mitarbeiter und die Altersstruktur der Belegschaft waren leicht
zu beantworten. Was genau verdient wurde, wusste er
nicht.

27

In der Nacht zum Sonntag schlief Severin Kühn unruhig. Gegen 5 Uhr morgens wurde er vom Gesang der Vögel geweckt. Es schien, als ob sie im ganzen Tal um die Wette zwitscherten. Es hänge von der Länge der Tage ab, hatte ihm Gretel erklärt, wann die Vögel zu singen anfingen. Je früher es hell werde, desto früher ließen sie sich hören.

Severin hatte sich vorgenommen, später zu Oles Schäferkarren zu wandern. Die Trompete wollte er mitnehmen, ihn lockte der Versuch, noch einmal vor der Schafherde zu musizieren, um zu sehen, ob die Tiere wieder so reagieren würden wie an jenem Wintertag, da er ihnen zum ersten Mal begegnet war.

Er setzte sich auf den Bettrand und las noch einmal in aller Ruhe seine Antworten zu Koppendörfers Fragen durch. Danach legte er sich noch einmal hin und fiel in einen leichten Schlaf.

Die Glocken der Kirche läuteten zum 10-Uhr-Gottesdienst, als Severin das Haus verließ. Als er den Kirch-platz erreichte, entdeckte er Georg Lamparter, der Hand in Hand mit einer Frau die Berggasse herunterkam. Lamparter hatte noch nie eine Frau erwähnt. Die beiden kamen direkt auf ihn zu. »Darf ich bekannt machen«, sagte Lamparter zu seiner Begleiterin, »das ist mein Kol-lege Severin Kühn.«

»Ach Sie sind das?«, die Frau lächelte ihn offen an. »Ich hab schon viel von Ihnen gehört. Ich bin die Cor-nelia Biesinger.« Sie sagte es, als ob sie annähme, dass er mit ihrem Namen etwas anfangen könnte.

»Sehr erfreut«, antwortete Severin und kam sich bei der gestelzten Formel linkisch vor.

»Ich wollte dich sowieso fragen, ob du heute Abend Zeit hast«, sagte Lamparter. »Am Freitag ging's nicht, da wusste ich noch nicht, dass sie kommen würde.«

»Ja, ich habe am Abend nichts vor. – – Und jetzt geht ihr in den Gottesdienst?«

»Ja gell, da guckscht«, Lamparter grinste, »so komm ich endlich auch mal wieder in d' Kirch. Und die Hei-meringer hent danach richtig viel Gesprächsstoff.«

Sie verabredeten das abendliche Treffen auf 19 Uhr.

Severin wollte losgehen, aber Lamparter hielt ihn nochmal auf: »In der Höhle haben wir gestern den Durchbruch g'schafft. Dahinter ist ein richtiger Fel-sendom. Unfassbar, sag ich dir!«

»Gratulation!« Severin winkte den beiden nochmal zu, durchquerte das Dorf und machte sich auf den Weg zu dem kegelförmigen Berg mit den drei Windrädern.

Die Sonne hatte schon viel Kraft und strahlte von einem blauen Himmel, über den nur gelegentlich durchsichtige Wolkenfetzen nach Osten zogen, die wirkten, als wären sie aus Gaze. Er ging langsam, um nicht ins Schwitzen zu geraten.

Links und rechts des Feldwegs blühten Sommerblumen, in denen Bienen und Hummeln eifrig nach Nektar suchten. Gretel hatte ihm ein paar der Pflanzen erklärt. Unten am Bach die Bartnelken und die Sumpfdotterblumen. Die Himmelschlüssel, sagte sie, seien leider schon verblüht. Aber der Wiesenklee und die Schafgarbe, die im dichten Gras standen, zeigten sich in ihrer ganzen Pracht. Gretel zeigte ihm den Standort echter Kamille, die sich stark von der höher wachsenden gemeinen Kamille unterschied, und wusste sogar, wo man das seltene Salbeikraut finden konnte. Mehr hatte er sich nicht merken können.

Als er die Bank auf der Kuppe des Schinderbuckels erreichte, setzte er sich. Die Windräder drehten sich so gemächlich, dass sie nicht zu hören waren. Vom Dorf herauf drang kein Geräusch. Er versuchte, die Stille, die ihn umgab, zu genießen, aber heute machte sie ihn eher unruhig. Er rief sich das Gespräch mit Korbinian Koppendörfer (was für ein Name!) ins Gedächtnis zurück und ging es Satz für Satz noch einmal durch.

Plötzlich wurde er durch den leisen Klang der Glöckchen von Oles Schafherde aus seinen Gedanken gerissen.

Severin stand auf und ging den Bergrücken entlang, bis er in die leichte Senke hinabschauen konnte. Es war wie damals, als er zum ersten Mal hier oben gewesen war. Die Tiere kamen langsam grasend die Steigung herauf. Der Schäfer folgte seiner Herde in einigem Abstand.

Severin kehrte zu der Bank zurück, nahm seine Trompete aus dem Instrumentenkoffer, setzte das Mundstück auf und begann erst leise, dann immer lauter zu spielen. Er wählte die Melodie des Liedes *Am Brunnen vor dem Tore*, improvisierte ein wenig über das Thema und ging dann zu Schuberts Lied von der Forelle über – *An einem Bächlein helle, da schoss in froher Eil, die launische Forelle vorüber wie ein Pfeil* ... Schließlich fand er sich wieder in der Komposition, die er mit Eberhard Greiner gemeinsam geschaffen hatte, *Behüt' dich Gott, es wär so schön gewesen* ... Als Erste tauchte Hermine auf, die er an den dunklen Umrandungen ihrer Augen erkannte. Er setzte kurz ab und rief. »Hallo, Hermine!« Das Leitschaf hob den Kopf, wobei die Glocke an seinem Hals leise ertönte, sah zu ihm herüber und kam direkt auf ihn zu. Severin nahm sein Trompetenspiel wieder auf. Die anderen Schafe folgten und versammelten sich wie damals um die Bank. Die meisten Tiere hörten auf zu grasen und schienen aufmerksam zuzuhören. Nun erschien auch Ole Petersen, rechts und links liefen seine beiden Hütehunde neben ihm. Er kam zur Bank und ließ sich, auf seinen langen Hirtenstab gestützt, neben dem Trompeter nieder, der in aller

Ruhe sein Spiel zu Ende brachte. Dann erst sagte er zu Ole: »Grüß dich, wie geht's?«

»Gut! Sehr gut! Und dir?«

»Mal so, mal so.«

»Klang schon mal besser.«

»Na ja, du weißt ja, dass die Fabrik womöglich bald zumachen muss.«

»Womöglich? Gibt's denn noch eine Chance, dass sie gerettet werden kann?«

»Sieht so aus. Aber dabei soll ich eine Rolle spielen, die mir gar nicht liegt.« Severin erzählte, während er weiter die Schafe beobachtete, die sich nun wieder über den ganzen Schinderbuckel verteilten, was Koppendörfer ihm am Samstag angeboten hatte.

»Da kannst du ja gar nicht ablehnen, schon wegen deiner Kollegen.«

»Na, die haben sich nicht so benommen, dass ich mich besonders für sie einsetzen müsste.«

Ole lehnte sich weit zurück, legte den Kopf in den Nacken und blinzelte in die Sonne. »Was siehst du den Splitter im Auge deines Bruders und erkennst den Balken in deinem eigenen nicht.«

»Moment! Moment!«, fuhr Severin auf. »Jetzt wollen wir mal die Dinge nicht verdrehen.«

»Du meinst, es lag alleine an den anderen, dass es zwischen euch bisher nicht funktioniert hat?«

»Sicher nicht, aber wer hat den größeren Anteil?«

»Na gut, sagen wir: Was siehst du den Balken im Auge deines Bruders und bemerkst den Splitter …«

»Hör auf mit deinen Bibelsprüchen, sei so gut!«

Ole richtete sich auf. Er sah Severin offen an. »Du musst es nur richtig angehen.«

»Was meinst du?«

»Sprich zuerst mit Lamparter. Wenn ihr gemeinsame Sache macht, habt ihr schon halb gewonnen. Dann geh offen auf die Belegschaft zu. Lass sie abstimmen von mir aus. Die Ersten, die für dich sein werden, sind garantiert jene, die bisher am meisten gegen dich waren.«

»Warum denn das?«

»Weil sie sonst damit rechnen müssen, dass sie die Ersten sind, die du rausschmeißt. Es wäre kein Schade, wenn ihnen deutlich würde, was ihnen möglicherweise droht. Danach fressen sie dir aus der Hand!«

Severin Kühn schüttelte verwundert den Kopf. »Warum bist du nicht Unternehmensberater geworden, Schäfer?«

»Weil ich da nicht genug an die frische Luft gekommen wäre«, gab Ole grinsend zurück.

»Du hast nicht bedacht, dass ich ja nicht der Mann sein werde, der unserer Belegschaft mitteilen kann, wie es weitergeht«, wendete Severin ein.

»Irgendwann wahrscheinlich schon«, gab der Schäfer zurück.

Danach saßen sie eine gute Viertelstunde nebeneinander, ohne zu reden. Die Schafe weideten weit verteilt. Die Hunde lagen zu Füßen der beiden Männer. Ein friedlicheres Bild konnte man sich kaum vorstellen.

Plötzlich sagte Ole: »Und Gretel?«

Severin, der ein wenig eingedöst war, richtete sich auf. »Was ist mit ihr?«

»Was ist mit *euch*? Das wollte ich eigentlich fragen.«

»Mit uns?«

»Jetzt tu doch nicht so. Du musst doch gemerkt haben, dass sie sich in dich verliebt hat.«

»Die Gretel?«

»Du hast es also nicht gemerkt«, stellte der Schäfer nüchtern fest.

»Wir verstehen uns ganz gut, aber …«

»Das ist mehr, als man von den meisten Paaren sagen kann«, unterbrach ihn der Schäfer.

Severin lachte. »Erst Unternehmensberater, dann Paarberater. Schuster, bleib bei deinem Leisten!«

Ole hob nur die Schultern, er sagte nichts darauf. Stattdessen fragte er: »Kannst du noch was Schönes spielen, dann muss ich die Herde nicht zusammentreiben.«

»Du glaubst wirklich, sie lieben meine Musik?«

»Wie die Ratten die Töne des Flötenspielers von Hameln. Falls du nicht Chef da unten in den Müllerschön-Werken wirst, kannst du bei mir als Schafhirt anfangen.«

Severin hob die Trompete an die Lippen und spielte die Melodie zu dem Lied *Im schönsten Wiesengrunde ist meiner Heimat Haus …* Ole Petersen sang leise mit: »… da zog ich manche Stunde ins Tal hinaus …« Die Schafe hoben nacheinander die Köpfe und wendeten sich wieder der Musik zu. Langsam kamen sie näher.

Die Hunde erhoben sich und legten sich auf einen kurzen Befehl Oles wieder hin. »Dich, mein stilles Tal, grüß ich tausend Mal …«, sang der Schäfer.

Die letzten Schleierwolken hatten sich verzogen. Der Himmel strahlte in einem herrlichen Blau über die weite Hochfläche der Schwäbischen Alb. Ein paar Vögel flatterten heran und ließen sich in der Nähe nieder, als ob auch sie zuhören wollten.

Als Severin geendet hatte, sagte Ole: »Dass du dieses Volkslied kennst …«

»Dies und noch ein paar andere, sogar schwäbische«, gab Severin fröhlich zurück. »Zum Beispiel: *Mädle ruck, ruck, ruck an meine grüne Seite, i hab die gar so gern, i kann die leida …*« Er spielte auch diese Melodie kurz an, ging dann aber angesichts des blitzblauen Himmels zu Adriano Celentanos Lied *Azzurro* über.

Am Abend kurz nach 19 Uhr stoppte Severin Kühn seinen Golf vor dem Haus Lamparters in der Berggasse. Es war noch immer frühsommerlich warm. Georg und Cornelia hatten den Gartentisch hinter dem Haus gedeckt. Es gab eine üppige schwäbische Vesperplatte, für Severin und Cornelia einen leichten Weißwein, den beide mit Mineralwasser verdünnten, und für Georg eine Apfelsaftschorle.

Das Gespräch kam leicht zustande, weil Severin auf Cornelias Bitte ohne Umstände zu erzählen begann, wo er herkam, wie das Leben damals in der DDR für ihn gewesen war, wie es ihn nach Heimeringen verschlagen hatte und mit welchen Schwierigkeiten, hier anzukommen, er zu kämpfen gehabt hatte.

»Für mich ist das interessant, ich überlege mir nämlich ernsthaft, ob ich nicht auch hierherziehen soll.«

Georg fasste nach ihrer Hand, sagte aber nichts.

»Was machst du denn beruflich?«, fragte Severin. Auf das Du hatte man sich gleich am Anfang des Abends verständigt.

»Ich bin Lehrerin an einer Grundschule, und ich habe mich schon erkundigt: Es wäre relativ leicht, an eine Schule hierher zu wechseln. Georg zuliebe würde ich das versuchen.«

»Ob *ich* hierbleibe, entscheidet sich in den nächsten Tagen«, sagte Severin.

Georg Lamparter ließ die Hand seiner Freundin los und sah Severin überrascht an. »Wieso? Ist was passiert?«

Severin erzählte von seinem Gespräch mit dem Unternehmer Koppendörfer am Tag zuvor, und er versuchte dabei, sehr genau zu sein.

Lamparter war nachdenklich geworden. »Das wäre vielleicht eine Lösung.«

»Du kannst dir das vorstellen?«

»Ja, warum denn nicht?«

»Zum Beispiel, weil Frau Müllerschön dich mit der Leitung des Betriebs beauftragt hat.«

»Aber mir würde Koppendörfer niemals so ein Angebot machen wie dir. Ich kenne ihn, und er kennt mich.«

»Aber dann kennt er doch auch deine Stärken, Georg.«

»Vor allem kennt er meine Schwächen, davon musst du ausgehen.«

Cornelia schaltete sich ein. »Wenn man euch so zuhört, sieht es so aus, als müsstet ihr beide die Sache gemeinsam angehen.«

»Erst muss sich Koppendörfer überhaupt mal entscheiden, und dann muss man natürlich mit Doktor Leiprecht sprechen«, sagte Severin.

»Ich hole den Nachtisch.« Lamparter ging in die Küche.

Währenddessen sagte Cornelia: »Er ist keine Kämpfernatur, und genau das mag ich so an ihm. Bei dir scheint das anders zu sein. Vielleicht war es ein Glücksfall, dass ihr zwei euch begegnet seid.«

28

Um 18 Uhr am Montag rollte die schwere Limousine des Tübinger Unternehmers vor dem Holzhaus Johannesgasse 1 aus. Bevor sich Koppendörfer auf Gretels Massageliege legte, wollte er mit Severin Kühn sprechen. Severin überreichte ihm das Papier mit seinen Aufzeichnungen zu Koppendörfers Fragen. Mit baumelnden Beinen saß der Fabrikant auf der Liege und las, nickte ein paar Mal, gab den einen oder anderen unartikulierten Laut von sich, senkte schließlich das Blatt und sagte: »Das ist mehr, als ich erwartet habe. Nach der Behandlung setzen wir uns zusammen und überlegen, wie es weitergehen kann.« Er zog Hemd und Unterhemd, Hose und Strümpfe aus und legte seinen massigen Körper auf die Massageliege.

»Als Erstes werde ich mit Frau Müllerschön reden«, begann der Unternehmer das Gespräch, als sich die beiden Männer im Wohnzimmer wieder zusammengefunden hatten. »Dann lasse ich mir einen Termin bei dem Rechtsanwalt … wie hieß der gleich noch mal?«

»Doktor Leiprecht.«

»Also, bei dem lass ich mir einen Termin geben, und dann entscheiden wir.«

»Wir?«

»Na ja, ich brauche doch Ihre Zusage, Herr Kühn.«

»Das Problem werden die Mitarbeiter sein.« Und nun erzählte Severin Kühn, wie die Kollegen nicht nur seinen Trabi in die Kastanie vor dem *Goldenen Ochsen* gehängt, sondern auch, wie sie den Sabotageakt in Laichingen begangen hatten. »Sie haben die ganze Zeit versucht, mich loszuwerden.«

»Weiß man, wer die Sabotage begangen hat?«, fragte Koppendörfer.

»Mit an Sicherheit grenzender Wahrscheinlichkeit, aber bewiesen ist nichts.«

»Trotzdem: rausschmeißen die Kerle!«

Severin Kühn musste an das Gespräch mit Ole Petersen denken.

»Es muss auch anders gehen.«

»Jetzt bloß nicht weich werden!« Koppendörfer stand auf, fasste sich mit beiden Händen ins Kreuz, schüttelte seinen mächtigen Schädel und sagte: »Wie macht die Frau das bloß. Ich hab überhaupt keine Schmerzen mehr.«

Gretel, die in diesem Moment ins Wohnzimmer kam, sagte: »Keine Bange, die kommen wieder, wenn Sie Ihre Lebensweise nicht ändern.«

Koppendörfer fuhr noch am selben Abend zu Müllerschöns Bungalow hinter dem kleinen Fluss.

Sie habe keine guten Nachrichten aus der Klinik, sagte Marianne Müllerschön. Ihr Mann sei noch immer nicht bei Bewusstsein. Sie habe fast den ganzen Tag an seinem Bett gesessen. »Manchmal hatte ich den Eindruck, dass er mich bemerkt, aber das habe ich mir wahrscheinlich nur eingebildet.«

Koppendörfer versuchte, einfühlsam zu wirken. »Ich hätte gerne mit Ihnen über das Unternehmen gesprochen, aber wenn Ihnen jetzt nicht danach ist, kann ich das natürlich verstehen.«

»Reden Sie nur«, sagte Marianne Müllerschön. »Falls mein Schwiegervater hereinkommt, sollten wir allerdings das Thema wechseln.«

»Nun gut. Ich wäre unter Umständen bereit, die Firma zu übernehmen. Zu einem angemessenen Preis natürlich, aber den kann man in Zusammenarbeit mit dem Insolvenzanwalt sicher ermitteln. Eine Beteiligung, das sage ich gleich, kommt für mich nicht infrage. Ich brauche vollständige Handlungsfreiheit in allen unternehmerischen Entscheidungen.«

»Ich muss mich da natürlich auch beraten lassen«, sagte die Hausherrin.

»Selbstverständlich. Aber so, wie ich die Lage einschätze, wird es kaum eine bessere Lösung geben.«

»Das werden wir ja dann sehen«, antwortete Frau Müllerschön kühl.

»Natürlich. Ich denke allerdings, Sie sollten sich

schnell entscheiden. Bei den Zahlungsverpflichtungen, die nach meiner Kenntnis ...«

»Ach«, unterbrach Frau Müllerschön, »so weit sind Sie schon?«

Koppendörfer breitete die Arme aus und versuchte zu lächeln. »Kein vernünftiger Mensch kauft die Katze im Sack, gnädige Frau.«

Er schwang seinen schweren Köper mit erstaunlicher Leichtigkeit aus dem Sessel. »Ich darf mich verabschieden.«

Marianne Müllerschön brachte ihren Gast zur Tür.

»Seien Sie versichert, ich werde alles dafür tun, dass Sie und Ihr Mann diese unschöne Situation möglichst schadlos überstehen«, sagte Koppendörfer mit einer leichten Verbeugung. Frau Müllerschön reichte ihm die Hand.

29

»Er ist ein Loser! Also das schminken Sie sich mal ab, Herr Kühn!«

Sie standen auf dem Balkon und sahen zur Schwäbischen Alb hinüber. Die blaue Mauer verschwand fast im dunstigen Licht des grauen Morgens.

»Und zudem ein Alkoholiker. Irgendwann wird der rückfällig.« Koppendörfer hielt seinen Blick starr auf den Steilabfall der Schwäbischen Alb gerichtet.

»Frau Müllerschön hat ihm die Leitung des Betriebs übergeben.«

»Die nehmen wir ihm wieder weg.«

»Ich nicht!«

»Aber ich!« Koppendörfer wendete sich seinem Gast zum ersten Mal zu, seitdem sie ins Freie getreten waren. »*Sie* sind mein Mann!«

»Tut mir leid!«

»Was soll das heißen?«

»Ich arbeite sehr gut mit Georg Lamparter zusammen. Wir ergänzen uns.«

»Schlagen Sie sich das aus dem Kopf! Einer muss den Hut aufhaben, und das sind Sie. Anders geht das nicht.«

»Ja dann ...«

»Was ›ja, dann‹ ...«

»Dann geht es eben nicht.«

Koppendörfer starrte Severin Kühn an, sein Gesicht war rot angelaufen, an seiner rechten Schläfe pochte eine kleine Ader. »Was soll das jetzt heißen?«

»Georg Lamparter und ich führen die Firma gemeinsam.«

»Abgelehnt!« Das schrie Koppendörfer so laut heraus, dass eine Frau, die 30 Meter weiter unten über die Straße ging, stehen blieb und zu den beiden heraufsah.

»Ich bleibe dabei«, sagte Kühn ganz ruhig.

Koppendörfer wurde noch lauter: »Was glauben Sie eigentlich, wer Sie sind? Kommt mit nix aus der Zone als mit diesem stinkenden, rauchenden Trabi und mendelt sich auf, als ob er weiß Gott was wäre. Sie müssen doch froh sein, dass Sie hier überhaupt Arbeit haben, Mann! Langsam versteh ich, warum die Leut in der Firma Sie ablehnen.«

»Ja, das war's dann wohl. Vielen Dank für das Honorar«, Severin hob den Umschlag mit dem Geld hoch, das ihm Koppendörfer für die Ausarbeitung seiner Expertise bezahlt hatte, und wendete sich zum Gehen.

»Was haben Sie vor?« Koppendörfer versuchte, sich zu beruhigen.

»Ich steige in mein Auto, hole meine Siebensachen aus Heimeringen und fahre nach Berlin. Adieu, Herr Koppendörfer.«

Der Hausherr kam ihm nach. »Sind Sie so vernagelt, oder tun Sie nur so?«

»Ich tue das, was ich für richtig halte, mehr nicht.«

Koppendörfer riss die Tür zu seinem Büro auf. »Setzen Sie sich hin, Mann!«

Severin zögerte.

Der Hausherr ließ sich schwer in seinen Sessel fallen. »Los, hinsetzen, hab ich gesagt!«

Severin Kühn blieb stehen und legte seine Hände auf die Lehne des Besucherstuhls.

Koppendörfer atmete hörbar ein paar Mal tief aus und ein. »Bescheidenheit ist nicht Ihre Stärke, was?«

Severin schwieg. Sollte er sagen: Bescheidenheit schon, Unterwürfigkeit nicht? Da sagte er lieber gar nichts.

»Setzen Sie sich endlich hin!«, kam es von dem Unternehmer. »Und lassen Sie uns wie zwei vernünftige erwachsene Menschen miteinander reden.«

Kühn setzte sich auf die vordere Kante des Besucherstuhls, das Kreuz durchgedrückt, den Kopf angehoben, das Kinn leicht vorgeschoben.

Koppendörfer nahm wieder das Wort: »Wir sind hier nicht in der DDR, wo man für jede Entscheidung einen Parteitagsbeschluss gebraucht hat.«

Severin schüttelte lächelnd den Kopf. »Ein bisschen anders war das schon. Ich wundere mich immer wieder, wie genau manche Menschen hier im Westen über uns Bescheid wissen, obwohl sie nie im Osten gewesen sind.«

Koppendörfer ging nicht darauf ein. »Also wie ist Ihre Vorstellung?«

»Herr Lamparter ist für alle innerbetrieblichen Abläufe zuständig, ich kümmere mich um die technischen Entwicklungen, die Kalkulation und den Verkauf.«

»Also, ob Sie mit Ihrer Art zum Verkäufer taugen …?«

»Ich habe ja schon notiert, dass wir bei einer Expansion eine extra Verkaufsabteilung brauchen. Die abschließenden Verhandlungen würde ich aber selber führen …«

»So, wie mit mir hier jetzt?«

»Mal sehen, wie's ausgeht.«

Koppendörfer biss sich auf die Unterlippe und musterte Kühn mit einem finsteren Blick. »Eier haben Sie ja, das muss man Ihnen lassen.«

»Danke!«

»Eine tüchtige Verkaufsabteilung habe ich schon. Die kann das mit übernehmen.«

»Na umso besser.« Erstaunt registrierte Kühn, dass sie nun doch angefangen hatten, vernünftig zu verhandeln.

Gegen 11 Uhr verließ Severin Kühn die Villa auf dem Tübinger Österberg. Gleich nach der Mittagspause traf er im Werk in Heimeringen ein. Er berichtete Lamparter von seinem Gespräch mit Koppendörfer. Danach baten die beiden Kevin Beck, Karl Schmied und Fritz Gollhofer in den Glaskasten. Beck sagte zu Gollhofer: »Dass die mit Schmied und mir reden wollen, ist ja klar, wir sprechen für den Betriebsrat, aber du …?«

Alle fünf setzten sich um den Besprechungstisch.

Lamparter nahm das Wort: »So, wie es aussieht, kann unsere Firma gerettet werden, und das verdanken wir vor allem Severin Kühn. Er hat erste Gespräche mit Korbinian Koppendörfer geführt – der Name ist euch sicher bekannt –, und der scheint bereit zu sein, die Müllerschön-Werke komplett zu übernehmen. Damit würden wir voll handlungsfähig bleiben und könnten vermutlich alle Verbindlichkeiten erfüllen … sagt man so, Karl?«

Der Buchhalter Schmied nickte nur. Er konnte nicht verbergen, wie überrascht er war.

»Und wir können alle unsere Aufträge pünktlich abarbeiten. Wie es dann in Kooperation mit den Koppendörfer-Werken weitergeht, werden wir sehen, aber ich glaube, Herr Kühn hat da schon sehr gut verhandelt.«

»Was denn, Sie haben verhandelt?«, fragte Beck.

»Haben Sie denn irgendeine Vollmacht gehabt?«, wollte Karl Schmied wissen.

»Nein«, Kühn lächelte, »es waren keine Verhandlungen, nur – wie soll man sagen? – informelle Gespräche. Verhandelt hat Herr Koppendörfer natürlich mit Frau Müllerschön.«

»Das stinkt doch!«, ließ sich Gollhofer hören.

Severin Kühn sah Gollhofer direkt an und beugte sich weit über den Tisch zu ihm hinüber. »Ich glaube, Sie sollten ein bisschen zurückhaltender sein, Herr Gollhofer. Ich habe mal gehört: In Schwaben muss man sich für alles revanchieren. Das will ich nicht unbedingt ganz wörtlich nehmen.«

Einen Augenblick war es ganz still am Tisch.

»Was soll denn das jetzt?«, ließ sich Kevin Beck hören.

Lamparter nahm wieder das Wort. »Es geht im Grunde nur darum, dass sich Herr Kühn unserer Loyalität sicher sein will; denn Herr Koppendörfer will ihn und mich mit der Leitung des Werks beauftragen.«

»Immer vorausgesetzt, die Familie Müllerschön verkauft an ihn«, fügte Severin Kühn an.

Lamparter stand auf. »Gut, Kollegen, das war's erst mal. Am Nachmittag wird wohl Koppendörfer hier auftauchen.«

»Ich würde gerne noch ein Wort mit Herrn Beck und Herrn Gollhofer unter vier ... Entschuldigung: unter sechs Augen reden«, sagte Kühn. Schmied und Lamparter verließen den Glaskasten. Die beiden anderen setzten sich wieder.

»Herr Koppendörfer erwartet eine Entscheidung von mir«, begann Kühn. »Ich habe noch nicht zugesagt, die Leitung zu übernehmen. Und diese Entscheidung hängt, wie schon Georg Lamparter angedeutet hat, davon ab, wie die Belegschaft zu mir steht.«

»Ja, und?«, fragte Beck.

»Sie beide haben von allem Anfang an Front gegen mich gemacht.«

»Was heißt denn das: Front gemacht?«, fragte Beck.

»Das muss ich Ihnen ja wohl nicht erklären …«

»Er hat schon recht«, murmelte Gollhofer.

Becks Miene verfinsterte sich. »Sie haben auch von allem Anfang an …«

»Schluss jetzt!«, unterbrach ihn Severin Kühn barsch. »Ich habe nur noch eine Frage: Wer hat die Sabotage an dem Fußgängertunnel in Laichingen zu verantworten?«

»Sie suchen einen Grund, uns rauszuschmeißen«, sagte Beck.

»Nein, ich versuche, euch zu halten, aber das geht nur, wenn ihr offen zu mir seid und wenn ihr versprecht, künftig loyal mit mir zusammenzuarbeiten.«

Die beiden sahen sich an. Jeder schien beim anderen Rat zu suchen.

»In Laichingen … also … ähem … da ist nichts bewiesen«, sagte Beck.

»Ich will auch nichts beweisen. Ich will nur, dass ihr's zugebt und dass damit die Sache aus der Welt ist.«

Wieder die Blicke zwischen Beck und Gollhofer. Schließlich sagte Beck: »Okay, ich war's!«

»Und Sie?«, fragte Kühn Fritz Gollhofer.

»Wir haben es gemeinsam gemacht. Ich entschuldige mich dafür und ich bin froh, dass nichts passiert ist.«

Severin Kühn warf seinen Körper weit gegen die Stuhllehne zurück. »Na endlich!«

»Und was haben Sie jetzt vor?«, fragte Beck.

»Nichts, ich wollte es nur wissen. Wenn ich's nicht gewusst hätte, hätte ich es euch auch nicht verzeihen können. Und jetzt kein Wort mehr drüber. Danke, meine Herren.«

Die beiden gingen zur Tür, und als sie die Eisentreppe hinabstiegen, sagte Gollhofer: »Eines muss man ihm lassen: Chef kann er.«

»Trotzdem ist und bleibt er ein Ossi-Arschloch«, gab Beck wütend zurück.

Um 17 Uhr des gleichen Tages erschien Korbinian Koppendörfer zusammen mit Doktor Leiprecht und Marianne Müllerschön in der Firma. Die Belegschaft wurde in die Kantine gebeten und davon unterrichtet, dass die Firma Müllerschön in den Besitz Korbinian Koppendörfers übergehen werde. Arbeitsplätze gingen nicht verloren. Lamparter und Kühn würden gleichberechtigte Geschäftsführer. Im Übrigen hoffe man auf eine gute Zusammenarbeit.

30

Drei Jahre waren ins Land gegangen. Die Firma Müllerschön hatte einen erstaunlichen Aufschwung genommen. Korbinian Koppendörfer hatte Wort gehalten und sich nur selten in die Entscheidungen Lamparters und Kühns eingemischt.

Am 20. Mai 1997 wurde die Heimeringer Tropfsteinhöhle für die Öffentlichkeit freigegeben. Der Zugang war auf eine Breite von zwei Metern und eine Höhe von zwei Metern 50 erweitert worden. Am Ende öffnete sich der Eingang zu der großen Felsenhalle. Die Tropfsteine, die von der Decke dem Boden entgegenwuchsen, nenne man Stalaktiten, hatte Lamparter seinem Freund Severin Kühn erst kürzlich erklärt, jene, die vom Boden Richtung Decke wuchsen, Stalagmiten. Nur an zwei Stellen waren die von oben und die von unten zusammengewachsen. Diese Gebilde nenne man

Stalagnaten. Und er hatte auch gewusst, dass die Voraussetzung dafür, dass solche Formen entstanden, ein hoher Gehalt an Mineralien – in der Regel Kalk – im Wasser der Gesteinsschichten war.

Georg Lamparter schob Albert Müllerschön, den in Heimeringen noch alle den Chef nannten, in dessen Rollstuhl durch den Felsengang bis zu der großen Halle, die gut 30 Meter hoch war und die Ausmaße einer Kathedrale hatte. Kevin Beck und Fritz Gollhofer hatten für die Beleuchtung des hohen Raums gesorgt und hatten die Scheinwerfer so geschickt platziert, dass die größten Tropfsteingebilde bizarre Schatten an die feuchten Wände des Felsendoms warfen.

Am Ende der Halle, wo ein schmaler Gang weiterführte, der aber bislang noch nicht erforscht worden war, hatte die Musikkapelle Aufstellung genommen. Die Gäste saßen zum Teil auf Bierbänken, aber die meisten standen und unterhielten sich leise, grade so, als nötige ihnen der hohe Raum eine gewisse Andacht ab.

Als Lamparter und Müllerschön den Raum erreichten, intonierte die Musikkapelle die Trompeter-von-Säckingen-Suite, dirigiert von Eberhard Greiner, der nach einem Jahr in Heidelberg an die Schule von Heimeringen zurückgekehrt war. Severin Kühn blies das Solo, wie einst, vor exakt drei Jahren, bei dem Wertungsspiel in Heilbronn. Die klaren Klänge der Trompete erhoben sich hell und leicht über die grundierenden Akkorde der Kapelle. Und der Felsendom erwies sich als ein Raum mit einer großartigen Akustik.

Auf einer der Bänke saß Gretel Kühn, ihr Bruder, der Schäfer Ole Petersen, auf der einen Seite neben ihr, Severins Tochter Sandra auf der anderen. Und wie so oft, wenn der Mann, mit dem sie seit anderthalb Jahren verheiratet war, die Trompete spielte, stellten sich die feinen Härchen in Gretels Nacken auf.

Cornelia Lamparter, geborene Biesinger, saß auf der anderen Seite mit am Tisch und lächelte der Freundin zu.

Timo Frohnlechner, der von Georg Lamparter den Vorsitz des *Höhlenvereins* übernommen hatte, hielt eine Rede, in der viel von Gemeinsamkeit, Kameradschaft und gegenseitiger Wertschätzung die Rede war.

Severin Kühn musste leise lächeln. Sie hatten ihn zwar erst kürzlich im *Goldenen Ochsen* zum »Schwaben ehrenhalber« ernannt, aber das bedeutete natürlich vor allem, dass er eben keiner von ihnen war.

Dennoch: Unglücklich war er nicht.

Dank

Ich danke sehr meinen Freunden Carmen und Harald Tietze, die den Text als profunde Kenner Ostdeutscher Verhältnisse vor und nach der Wende gelesen, kommentiert und mit hilfreichen Hinweisen bereichert haben.

Und ich danke meiner Frau Marielis, meiner Nichte Dunja und meinem Sohn Johannes, denen ich bei der Entstehung des Manuskriptes Passage um Passage vorlesen durfte, und die mit ihren Hinweisen und Vorschlägen nicht unwesentlich zum Gelingen des Buches beigetragen haben.

Zu danken habe ich auch Claudia Senghaas, der Programmchefin des Gmeiner-Verlags für die nun schon Jahre dauernde sehr vertrauensvolle Zusammenarbeit.

Besonders danke ich Ingeborg Mues, meiner langjährigen Lektorin in verschiedenen Verlagen, die – nun schon einige Zeit im Ruhestand – das Manuskript kritisch und kompetent begleitet hat.

Weitere Titel finden Sie auf den
folgenden Seiten und im Internet:

WWW.GMEINER-VERLAG.DE

Kommissar
Peter Heiland ermittelt:

1. Fall: Der Patriarch
ISBN 978-3-8392-1945-4

2. Fall: Heiland
ISBN 978-3-8392-2127-3

3. Fall: Babettes Ballhaus
ISBN 978-3-8392-2279-9

4. Fall: Wut
ISBN 978-3-8392-2491-5

5. Fall: Nackt im Grab
ISBN 978-3-8392-2742-8

6. Fall: Berliner Nacht
ISBN 978-3-8392-0236-4

Weitere Bücher
von Felix Huby:

**Kommissar Bienzle
ermittelt:
Bienzle und der Terrorist**
ISBN 978-3-8392-2281-2

**Bienzle und der Tod im
Tauerntunnel**
ISBN 978-3-8392-2282-9

**Nichts ist so fein
gesponnen (Hrsg.)**
ISBN 978-3-8392-1190-8

**Was soll ich auf der
Schwäbischen Alb?**
ISBN 978-3-8392-0208-1

GMEINER SPANNUNG

WWW.GMEINER-VERLAG.DE
Wir machen's spannend

Gerda Stauner
**Das kleine Hotel
am Getreidemarkt**
Roman
320 Seiten, 12,5 x 20,5 cm,
Broschur
ISBN 978-3-8392-8086-7

In ihrem charmanten Hotel am Getreidemarkt hat
Marille einen wohligen Zufluchtsort für Menschen auf
der Suche nach Geborgenheit erschaffen, der sowohl
Reisende als auch Kreative magisch anzieht. Sie geht
ganz in ihrer Rolle als Hotelbesitzerin auf und merkt
dabei nicht, dass ihr bester Freund Ferdinand sich
mehr und mehr zu ihr hingezogen fühlt. Als ein junger
Mann aus Afghanistan auftaucht und Marille ihm
Hilfe anbietet, gerät ihre kleine geschützte Welt ins
Wanken. Und dann ist da noch Astrid vom Reisebüro
nebenan, die verzweifelt Anschluss sucht. Als deren
Bruder plötzlich auf der Matte steht, müssen sie sich
alle entscheiden: Ist Freundschaft stärker als Hass?

GMEINER SPANNUNG

WWW.GMEINER-VERLAG.DE
Wir machen's spannend

Krimi zur
Landesgarten-
schau

Wildis Streng
Jagstleuchten
Kriminalroman
320 Seiten, 12,5 x 20,5 cm,
Broschur
ISBN 978-3-8392-8055-3

Die Kommissare Lisa Luft und Heiko Wüst wollen
auf der Landesgartenschau in Ellwangen einfach
einmal durchatmen. Doch dann liegt eine Frau in
der Jagst, die der römischen Blumengöttin Flora
ähnelt – mit einem Pfeil in der Brust. Das Ermittler-
duo übernimmt den Fall und stößt auf dem Gelände
auf Römer in Rüstung mit tödlichen Geschossen, auf
spirituelle Sinnsucher mit handfestem Motiv und auf
verdächtig schweigsame Gärtner. Zwischen Rosen-
duft und Römerkult jagen Luft und Wüst einem
grausamen Rätsel hinterher.

GMEINER SPANNUNG

WWW.GMEINER-VERLAG.DE
Wir machen's spannend

Uta-Maria Heim
**Wer zuletzt stirbt,
lügt am längsten**
Kriminalroman
368 Seiten, 12,5 x 20,5 cm,
Broschur
ISBN 978-3-8392-8074-4

Stuttgart im Frühsommer. Ex-Kommissarin Cindy
Lopez findet auf dem Schlossplatz die Leiche der
Journalistin Melitta Maier – angeblich Herz-Kreis-
lauf-Versagen. Doch Cindy zweifelt an einem natür-
lichen Tod und stößt bald auf eine brisante Fährte,
die sie tief in die Welt des Online-Datings, der V-
Leute und Geheimdienste führt. Denn Melitta Maier
war kurz davor, eine Sensation aufzudecken: Angela
Heinze, einst RAF-Terroristin, lebt seit 40 Jahren im
Untergrund, mitten in Stuttgart.

Je näher sie der Wahrheit kommt, desto klarer
wird: Dieser Fall betrifft sie persönlich.

GMEINER SPANNUNG

WWW.GMEINER-VERLAG.DE
Wir machen's spannend